Kristina Roy

Der Knecht

Verlag der
Francke-Buchhandlung GmbH
Marburg an der Lahn

Lizenzausgabe mit freundlicher Genehmigung des Brunnen-Verlag Basel

CIP-Kurztitelaufnahme der Deutschen Bibliothek

Roy, Kristina:
Der Knecht / Kristina Roy. – Marburg an d. Lahn: Francke, 1985.
 (Edition C: H; Nr. 27)
 ISBN 3-88224-438-0
NE: Edition C / H

Umschlaggestaltung: Gudrun Wagner
Gesamtherstellung:
St.-Johannis-Druckerei, 7630 Lahr-Dinglingen
Printed in Germany   21319/1985

Edition C, Nr. H 27

Motto: «Des Menschen Sohn ist nicht gekommen, daß er sich dienen lasse,
sondern daß er diene.»

Matth. 20, 28

Der Bauer Ondrášik erhält einen Knecht, mit dem er zufrieden sein kann

Gerade als der Bauer Ondrášik*) Hilfe am meisten nötig hatte
und nicht wußte, woher er sie bekommen sollte, da kam unerwartet und ungerufen ein junger Mann in sein Haus.

Es war an einem Sonntagabend zur Zeit der größten Ernte-
arbeit. Ondrášik saß im Obstgarten vor seinem Hause und
stützte den sorgenschweren Kopf in die Hände. Plötzlich bellte
im Hof der Fiedel und vor dem verwunderten Bauer stand ein
junger, gesunder, gutgekleideter Mann. Nachdem sie sich begrüßt hatten, sagte er, er wäre hierher gekommen, um Arbeit zu
suchen.

Ondrášik war keiner von denen, die gleich den ersten besten
einstellten; aber der junge Mann gefiel ihm und er brauchte
notwendig einen Arbeiter. Seine Frau lag krank. Die Schwiegersöhne waren fortgezogen, der eine letztes Jahr, der andere jetzt
in diesem Frühjahr; sie waren nach Amerika hinübergefahren
und riefen nun auch ihre Frauen nach. So blieb ihm nur die
jüngste sechzehnjährige Tochter zu Hause. Einen Kuhhirten
hatte er zwar, aber der hatte mit den jungen Burschen im Dorfe
eine Schlägerei gehabt und lag nun krank bei seiner Mutter.

*) Sprich Ondrahschik (= Andreas).

So nahm Ondrášik den jungen Mann auf. Er dachte: Probieren kann ich's immerhin; ich behalte ihn wenigstens solange, bis der Ondrej wieder gesund ist.

Sie einigten sich, wieviel Taglohn er bekommen sollte, und rechneten, wieviel Lohn es gäbe, wenn er über die ganze Ernte bleiben würde.

In jener Nacht schlief Ondrášik so gut, wie schon seit langer Zeit nicht mehr, und seine Frau, wenn sie auch nicht schlafen konnte, brauchte doch wenigstens nicht darüber nachzugrübeln, wie ihr Mann die große Arbeit bewältigen würde.

Den Ondrášiks gefiel alles an ihrem neuen Arbeiter. Nur hatte er einen wunderlichen Namen: er hieß Method Ružansky. Zwar hieß der Apostel der Slowaken, der einst in Neutra gewohnt hatte und dem Volk das Wort Gottes predigte, auch Method; aber die Bauern gaben ihren Söhnen keine solche Namen, höchstens einige Katholiken, und Ondrášik war doch evangelisch.

Aber der Mensch gewöhnt sich an alles, und so gewöhnten sich die Leute im Dorf auch an Method, der sehr zurückgezogen lebte; das allgemeine Urteil von den Leuten, als sie vom Felde heimfuhren, lautete: «Ondrášik hat einen guten Arbeiter bekommen!»

Einen wie guten, das wußte der Bauer selbst am besten! Er trank nicht, so würde er gewiß auch nicht mit der Dorfjugend raufen; er rauchte nicht, also würde er ihm die Scheune nicht anzünden. In der Woche arbeitete er von früh bis spät in die Nacht hinein, und am Sonntag las er. Ein böses Wort hörte man nicht von ihm, er war immer guter Laune. Wenn Dorka irgendeine Speise verdorben hatte und der Vater sie schalt, so entschuldigte er sie und war zufrieden.

Ondrášik gefiel das alles, darum wollte er ihn von Allerheiligen an als Knecht behalten.

«Gut», sagte Method, «ich bleibe bei Euch, wenn Ihr mich für zwei Jahre dingt und wenn ich mir dort bei dem Schuppen eine Wohnung bauen darf.»

Der Bauer wunderte sich, was das für eine Wohnung sein könnte.

«Ihr werdet sehen, welch schöne Wohnung es geben wird. Was ich jetzt dabei auslege, das könnt Ihr mir ja zurückerstatten, wann es Euch gefällt und wenn Ihr sie verwenden könnt, falls ich einmal von Euch fortgehe. Wenn nicht, so werde ich das Häuschen auseinandernehmen und verkaufen.»

Ondrášik willigte ein. Als die ersten Regentage anbrachen, holte Method Bretter herbei und fing an zu zimmern. Als er fertig war, führte er den Bauern und seine Tochter hinein.

Ondrášik lachte. «Was für eine Stube er haben wird, schöner als wir! – Aber wie wird das im Winter sein?»

«Nun, schlafen kann ich dort gleichwohl, und den Tag über kann ich mich ja bei Euch wärmen», war die Antwort.

Von den übriggebliebenen Brettern zimmerte Method einen Tisch, dann kaufte er sich ein Strohbett*) und einen ebensolchen Stuhl, und in der Ecke brachte er einen Schrank an mit Kleiderhaken.

Er hatte es hier sehr nett, besonders als er später die Fenster in das Dach einsetzte; denn durch diese konnte man auf die nahen Berge und Wälder sehen, die weiten Wiesen und Felder und den manchmal so schönen, wenn auch jetzt schon oft von Herbstnebeln verhüllten Himmel.

Ondrášiks nächste Nachbarn waren Petráš's**). Diese hatten einen schon zwanzigjährigen, sehr ordentlichen und stattlichen Sohn. Aber trotzdem sie wohlhabende Leute waren, konnte er weder lesen noch schreiben; das kam daher, daß er lahm war. Er konnte sich zwar im Hause langsam umherbewegen und auch etwas tun, aber weiter gehen konnte er nicht.

Frau Petráš war ihr Sohn Samko das liebste ihrer Kinder. Der Vater war nicht besonders gut zu ihm; es ärgerte ihn, daß ein so großer Sohn im Hause nichts helfen konnte und daß er ihm nur immer zur Last fallen würde. Hätte Samko nicht die Liebe der Mutter gehabt, so wäre seine Jugend im Elternhaus eine ziemlich traurige gewesen; die Zukunft lag so düster vor ihm. Und wie es oft der Fall ist, daß gerade die, welche sich nicht rühren können, große Dinge in der Welt tun möchten, so war's auch bei ihm.

Einmal saß er am Sonntagnachmittag allein im Garten; alle waren fortgegangen; die einen waren beim Tanz, die anderen im Wirtshaus oder auf dem Felde.

---

*) Ein Bett aus Strohgeflecht.
**) Petrasch's.

Wie er so allein da saß, den Kopf in die Hände gestützt, in Gedanken versunken, stand auf einmal des Nachbars Knecht vor ihm mit einem Buch.

Den Jüngling überkam es wie Neid. Er ist nur ein Knecht und kann lesen, dachte er, und ich bin so dumm. Kaum dankte er für den freundlichen Gruß.

«Wenn du so allein sitzest, hast du gewiß Langeweile», redete ihn Method an. «Ich habe dir ein Buch mitgebracht.»

Samko errötete bis unter die Haare. «Was soll mir ein Buch, wenn ich keinen Buchstaben kenne?» sagte er finster.

«Verzeih, das wußte ich nicht!» antwortete besänftigend der Knecht; «aber wenn auch, ich bleibe bei dir, wenn du willst, und wir können dann zusammen lesen.»

So fing die Bekanntschaft mit dem neuen Nachbarn an.

*

An Petráš's Zaun stieß die Hütte des Juden David. Er wohnte ganz allein darin. Er hatte zwei Ziegen, mit denen er sich den ganzen Tag beschäftigte, und wenn er bei den Ziegen nichts zu tun hatte, so sammelte er alte Lumpen und Knochen und was es sonst gab. Die Bäuerinnen brachten sie ihm, er gab ihnen dafür Zwirn und Nadeln. In seinen jüngeren Jahren war er zu diesem Zweck weit in der Umgegend herumgezogen; jetzt ging er nur noch so weit wie die Ziegen.

Niemand hatte je den alten David lächeln sehen, der im übrigen ein guter Mensch war. Die Welt um ihn her hatte ihm schon viel Unrecht getan. Er ertrug alles geduldig. Man erzählte sich, er habe auch einmal eine Frau gehabt, bevor er nach Hradova übersiedelte, aber jemand habe sie ihm entführt. Aber wer weiß, ob es wahr war oder nicht.

Auf der anderen Seite von Ondrášiks wohnte, zum nicht geringen Verdruß des Landwirts, Martin Podhájsky*) ein Schuhmacher, aber ein solcher Trunkenbold, daß ihm jeder aus dem Wege ging. Bei ihm wohnte seine Mutter. Seine Frau hatte es nicht bei ihm aushalten können und ging lieber in einen Dienst und schickte für die Kinder Kleider und Schuhe, sonst hätten sie im Winter erfrieren müssen. Auch der Schwiegermutter

*) Sprich: Podhaisky.

schickte sie etwas für die Pflege der Kinder, anfangs auch für den Mann hie und da ein Hemd. Da er aber immer alles verpraßte, verdroß es sie, und sie schickte nichts mehr.

Wenn Ondrášik dem Podhájsky begegnete und dieser betrunken war – nüchtern war er fast nie –, dann wich er ihm lieber aus. Einmal fand Method ihn total betrunken im Sumpf liegen, dem Ersticken nahe. Mund, Nase und Ohren waren voll Schlamm. Allein konnte er ihn nicht herausziehen; es ging aber gerade ein Zigeuner vorbei, den bat er, ihm zu helfen. So trugen sie den unglücklichen Trinker zu Ondrášiks und legten ihn in den Schuppen aufs Stroh. Method wärmte Wasser und wusch den ganzen Mann ordentlich, wie – der Leser entschuldige den Vergleich – ein Schwein, wenn es im Troge liegt. Anfangs sträubte sich der Trunkenbold. aber nach und nach wurde er nüchtern und hörte auf zu fluchen, und als ihm Method noch die Haare geschoren, das Gesicht glatt rasiert und die langen Nägel abgeschnitten hatte, da war er selbst froh.

Seit der Zeit hatte Ondrášiks Knecht eine Macht über den Trinker; er konnte mit ihm machen, was er wollte. Er ließ sich bei ihm Stiefel machen, und Podhájsky mußte ihm versprechen, solange nicht zu trinken, bis er mit diesen fertig sei. Er trank wirklich nicht. Damit er abends keine Langeweile habe, ging Method zu ihm und las ihm aus den Büchern seiner Mutter, dem Gesangbuch und der Bibel vor und aus den Zeitschriften, welche er mitbrachte.

Es war schon November, und die Bauern hatten abends nicht mehr soviel zu tun.

Ondrášik freute sich darüber, daß sein Knecht auch Zeitschriften hielt. Selber hätte er sein Leben lang an so etwas nicht gedacht, aber es war doch eine schöne Sache. Dazu waren es gute Zeitschriften; sie halfen die Heilige Schrift verstehen und berichteten auch davon, was in der Welt vorging.

Die kranke Bäuerin lobte den Knecht: «Er pflegt mich wie ein Sohn, und dabei ist er ein kluger Mensch. Er überredete meinen Mann, den Sparherd in die Küche stellen zu lassen. Seitdem Dorka draußen kocht, ist mir viel leichter. Der Kochgeruch war mir unausstehlich. Und damit mein Alter nicht zürnt, daß wir soviel Holz verbrennen, holte er zwei Fuhren aus dem Wald. Ein anderer tut kaum das, was man ihn heißt; dieser tut es von selbst.»

Eines Abends brachte Podhájsky die Stiefel, gerade als Method der Familie vorlas. Sie nötigten ihn, sich zu ihnen zu setzen. Er war nicht betrunken. Seit der Zeit ging Method nicht mehr zu ihm, sondern er kam her. Alle hatten Nutzen davon. In der Abenddämmerung ging Method immer zum Nachbarn Petráš; die Frauen erzählten sich, daß er dort Samko im Lesen unterrichte.

Einmal fragte er, ob er ihn nicht mitbringen dürfte. «Warum denn nicht», sagte die Bäuerin, «da wird ihm die Zeit schneller vergehen.»

Die Winterabende eilten rasch dahin. Ondrej trieb sich nicht mehr mit den Burschen herum, Ondrášik ging nicht mehr ins Wirtshaus, er schnitzte lieber Kochlöffel, und Samko lernte es von ihm.

Als sie einmal so beieinander saßen, erzählte Dorka, daß der alte David krank sei. «Es wird ihm dort kalt sein; wer weiß, ob er Holz zum Heizen hat.»

An diesem Abend war Method gerade mit seinem Buch zu Ende; er sagte: «Gute Nacht!» und ging davon.

«Ihr werdet sehen, er geht zu dem Juden», sagte Ondrej.

«Oh, er geht ja öfters hin», sagte Samko; «mehr als einmal habe ich ihn gesehen, wie er ihm Wasser holte.»

«Geh, Ondrej, schau doch durch das Fenster, ob er dort ist», rief Dorka, «und was er dort macht!»

Ondrej ging. Es dauerte ziemlich lange, bis er zurückkehrte.

«Hast du ihn gesehen?» rief Samko.

«Ja, der Jude liegt im Bett, und Method kochte ihm zuerst irgendeinen Tee. Jetzt liest er ihm aus einem Buch vor.»

«Und was liest er ihm vor? David kann nur Deutsch und Hebräisch lesen; er sagte es mir einmal, als ich ihn fragte.»

«Was, weiß ich nicht, slowakisch war es nicht. Aber der Alte hörte ihm so gespannt zu, daß er kein Auge von ihm wandte.»

«Es ist ein sonderbarer Mensch, nichts und niemand scheut er», seufzte der anwesende Podhájsky.

«Wirklich sonderbar, aber gut, daß er gekommen ist», stimmte die Bäuerin bei. «Seit wir ihn haben, wissen wir immer, wie es den Kindern in Amerika geht. Früher hörten wir monatelang nichts von ihnen. Keiner von uns kann recht schreiben; aber er schreibt alles, so wie ich's ihm sage. Die Kinder sind ganz glücklich, daß sie soviel über uns erfahren; sie schreiben dann auch. Nur als ich ihm sagte, er solle auch etwas von sich schreiben, wollte er es nicht ,Von mir will ich nicht erzählen', sagte er.»

Der Winter verging und der Frühling kam, aber die Leute wußten noch nicht mehr von ihm.

Eines Sonntags stand Ondrášik mit seinem Knecht im Obstgarten; vor ihnen lag der Sumpf und ein kleiner Hügel, der mit spärlichem Gras und Sträuchern bewachsen war.

«Hört, Herr», sagte Method, «dieses hier verunstaltet Eure ganze Wirtschaft; Ihr könntet es von der Gemeinde kaufen.»

«Ich? Wozu? Was sollte ich damit?» Der Bauer wunderte sich, daß sein gescheiter Knecht so etwas sagen konnte.

«Nun, den Hügel könnte man abtragen, aus dem Lehm gäbe es gute Ziegel, und mit dem übrigen könnte man den Sumpf zuschütten», meinte Method.

«Ziegel brauche ich nicht, Felder habe ich genug, was sollte ich mit dieser Tatra?»*), sagte der Bauer.

«Wißt Ihr was? Kauft es für mich auf Euren Namen; ich werde es Euch dann abkaufen. Mir gefällt es hier bei Euch; ich habe ein paar hundert Gulden, und in zwei Jahren baue ich mir nach und nach eine Hütte und werde so Euer Nachbar.»

Der Bauer lachte über den vermeintlichen Scherz. Aber es war kein Scherz. Method hatte wirklich keine Ruhe, bis er den Bauer dazu brachte. Ondrášik kaufte den Hügel und den Sumpf von der Gemeinde und verkaufte sie Method.

Sie einigten sich, daß er, ehe die strenge Arbeit beginne, drei Stunden täglich, später zwei Stunden, an seinem Grundstück arbeiten könne.

Als die Aussaat vorüber war, sagte Method: «Wißt Ihr, Herr, zwei Wochen oder gar drei haben wir nicht viel wichtige Arbeit; ich will bei Euch ein Vierteljahr ohne Lohn arbeiten, wenn Ihr jetzt in diesen Wochen Ondrej mir auf meinem Grundstück helfen laßt. Wollt Ihr?»

«Nun, meinetwegen; ich selber will dir auch helfen, denn ich möchte wirklich sehen, was du machen willst. Wenn du ein paar hundert Gulden hast, hättest du dir freilich besser irgendwo ein Häuschen gekauft.»

*) Slowakische Bezeichnung für unbrauchbare Felder.

«Das würde nur ein Häuschen gewesen sein; aber ich will ein Haus haben!» lachte der Knecht. «Ihr werdet sehen, mein Gott, dem ich vertraue, hilft mir.»

Die Nachbarn kamen, das Wunder zu sehen, das Ondrášiks Knecht jetzt vollbrachte. Er dingte sich Podhájsky mit seiner Mutter, dazu dann Ondrej, hie und da auch Dorka; ja sogar der Bauer grub mit an dem Hügel und schüttete den kleinen Sumpf zu; sie fuhren so viel Lehm hin, bis das Stück nicht nur geebnet, sondern auch über die Straße erhöht und wie ein Garten ausgearbeitet war.

Aus dem Schulgarten kaufte Method Bäumchen und setzte sie in drei Reihen. Als der Sommer kam, hatten sie alle Wurzeln geschlagen. Dann begannen sie Ziegel zu brennen, und als die Feldarbeit die anderen abrief, arbeiteten Podhájskys allein weiter, bis auch sie in die Ernte gingen.

«Wer hätte gedacht, daß uns Ondrášiks Knecht solch einen schönen Verdienst geben würde!» sagte Frau Podhájsky und segnete Method. «Gott selbst hat ihn uns hergesandt.» Martin trank nicht mehr. Als ob er es gar nicht mehr wäre, so zahm war er. Er bereute selber das schlechte Leben und betete zu Gott um Vergebung seiner Sünden.

Eine herrliche Lektion

Es war ein schöner Sommernachmittag. Die Leute gingen hinaus aufs Feld, die Früchte zu besehen. Unter denen, die sich dazu anschickten, war auch der Landwirt Petráš. Gerade als er den Rock anziehen wollte, trat Method in die Stube. Es war dem Petráš nicht gleichgültig, obwohl er sich so stellte, wieviel Gutes des Nachbarn Knecht seinem Sohn während der langen Winterzeit erwiesen hatte, daß er ihn gelehrt hatte, ziemlich gut die Buchstaben zusammenzufügen und zu schreiben. Er war ein stolzer Bauer, und es hatte ihn verdrossen, daß sein Sohn so dumm bleiben sollte. Methods Besuch war ihm also angenehm; er wußte, daß er zu seinem Sohn kam, aber er wollte selber einmal mit ihm plaudern. Er bot ihm einen Platz an und setzte sich ebenfalls. «Samko wird gleich kommen», entschuldigte er den Sohn; «er ist hinausgegangen, und du weißt ja, daß er lange braucht, bis er zurückkommt.»

«Es ist gut so», lächelte Method. «Es ist mir lieb, daß ich Euch treffe, Nachbar, und daß er nicht hier ist; ich möchte gerne mit Euch ein vernünftiges Wort reden, über etwas, das mir schon lange am Herzen liegt.»

Der Bauer wunderte sich, was Method ihm zu sagen haben würde. «Nun, was willst du denn?»

«Habt Ihr schon darüber nachgedacht, was aus Eurem einzigen Sohn weiter werden wird?»

Der Mann zuckte überrascht die Achseln. «Ein Bettler», sagte er trocken. «Kann ich etwas dafür? Seinen Teil wird er ja bekommen, aber was soll er damit machen? Ein Bauer wird aus ihm sein Lebtag nicht.»

«Das denke ich auch. Ich hörte neulich, daß Ihr einen Schwiegersohn ins Haus nehmen wollt. Solange Samko Eltern hat, geht das noch; aber was dann, wenn Ihr nicht mehr da seid? Er wird auf die Gnade oder Ungnade der anderen angewiesen sein; sie werden schlecht mit ihm umgehen, und er ist doch Euer einziger erstgeborener Sohn!»

«Warum sagst du mir das?» fragte der Bauer und stützte den Kopf in beide Hände. «Denkst du etwa, es drücke mich nicht genug, wenn ich ihn anschaue? – Wozu ist er in der Welt?»

«Er hat sich nicht in die Welt gewünscht», antwortete ernst der junge Mann. «Nachbar, Ihr als Vater habt kein Recht, so zu sprechen. Wenn Gott ihm das Leben gegeben hat, so hat er für ihn gewiß auch eine Aufgabe; aber auch Euch hat er es zu verdanken, und es ist Eure Pflicht, ihm zu etwas zu verhelfen.»

«Du hast gut reden, wo du gesund bist; aber was soll ich mit ihm anfangen?»

«Wenn Ihr etwas für Euren Sohn tun wolltet, ich wüßte wohl einen Rat.»

«Das will ich, sprich nur!» sagte der Bauer und nahm die Hand Methods in die seine.

«Ihr wohnt an der Straße. Alle Leute von den Filialgemeinden gehen hier vorbei. Baut ihm neben Eurer Kammer eine Stube und eröffnet dort für ihn ein Geschäft. Er kann Schmalz, Mehl und dergleichen verkaufen. In die Stadt fahrt Ihr oft, da könnt Ihr ihm immer mitbringen, was nötig ist. Wenn Ihr ein paar hundert Gulden hineinsteckt, sichert Ihr Eurem Sohne die Zukunft. Solange Ihr noch lebt, kann er sich bei Euch verköstigen, Ihr werdet für ihn sorgen; später kann er ja, da er sonst gesund und ein stattlicher Mensch ist, auch heiraten. Gerne wird ihm ein ordentliches Mädchen die Hand reichen.»

«Mit Gottes Hilfe habe ich ihn schon lesen gelehrt», fuhr Method fort, während der Bauer nur den Kopf schüttelte und ihn ganz verwundert ansah. «Ich sprach auch mit dem alten David über ihn; der ist bereit, ihn im Rechnen zu unterrichten und ihn verkaufen zu lehren. Ihr wißt ja, daß im Geschäft niemand einem Juden gleichkommt. Überlegt es, worüber wir gesprochen haben, ehe Ihr Euch darüber entscheidet. Ich gehe jetzt ein wenig mit ihm in den Wald.»

Ehe sich's der Bauer versah, war er allein in der Stube. Er sah durchs Fenster, wie Method Samko in fröhlichem Gespräch mit sich führte, bis sie seinen Augen entschwanden.

«Was sagte er mir nur? Und wie er spricht! Wie ein Buch! Wer hätte an so etwas gedacht? An was der Bursche nicht alles denkt! Das ist gerade wie mit dem Sumpfzuschütten – – – Samko sagt, er müsse viel in der Welt herumgekommen sein und viel erlebt haben. Aber er hat recht; ich wäre selbst froh, wenn aus dem Jungen noch etwas werden könnte.»

Der Bauer suchte seine Frau, sie sollte mit aufs Feld gehen; aber heute sahen sie sehr wenig von der Frucht, sondern berieten sich und überlegten, und die Bäuerin wurde ordentlich jung vor Freude, daß aus ihrem Liebling noch etwas werden sollte in der Welt.

Unterdessen saßen die beiden, über welche sie miteinander sprachen, in dem nahen Eichenwald; um sie herum eine Menge Kinder, und Method erzählte ihnen. Alle Kinder im Dorf kannten Ondrášiks Method.

Er hatte ihnen hinter seinem Hügel im Bach ein viereckiges Bassin ausgegraben, damit sie dort baden konnten. Auch einen Damm hatte er ihnen gemacht, damit sie besser die Fischlein fangen konnten. Auf den Weideplätzen half er den Hirtenknaben manchmal aus der Klemme. Im Frühjahr, wenn er abends etwas Zeit hatte, hatte er aus Weidenzweigen Pfeifen, aus Hollunder Spritzen und Knallbüchsen und jetzt wieder aus Nüssen Trommeln verfertigt, er hatte seine Taschen immer voll davon und verteilte sie unter das kleine Volk.

Sie liefen ihm nach wie Hündchen, und überall, wo er ging, ob im Dorf oder auf dem Felde, riefen sie ihm nach: «Onkel Method! Onkel Method!»

Öfters, wenn die Bäuerin ihm Brot mit Käse zur Vesperzeit auf das Feld mitgegeben hatte, verteilte er es unter die armen Gänsehirten.

Aber eine königliche Freude hatten die Kinder, wenn sie wie heute zu ihm kommen, sich zu seinen Füßen setzen und zuhören durften. Denn wie Onkel Method konnte niemand in der Welt erzählen, das war unter ihnen die ausgemachte Meinung.

Auf der nahen Wiese weideten Schafe und Kühe, an Pflöcke angebunden, und die Kinder saßen mäuschenstill und lauschten auch jetzt einer Erzählung.

Einer von den Knaben hatte eine junge, tote Schwalbe gefunden.

«Wenn ihr wollt, will ich euch etwas von den Schwalben erzählen», sagte Onkel Method, und die Kinder riefen: «O ja, o ja, von den Schwalben!»

«So hört zu, wie die Schwalben heimgekommen sind. Weit, weit, in einem Lande, wo zu Weihnachten die Bäume blühen und das Obst reif wird, dort, wo es so viele und herrliche Blumen gibt, wie sie bei uns gar nicht vorkommen, aber auch so viele Schlangen, daß einen ein Schauder überkommt, dort, im fernen Afrika, hielten die Schwalben eine Versammlung und Beratung.

Es war eine prächtige Versammlung. Alle Schwalben badeten zuerst im Tau, bürsteten ihre Kleidchen, und jetzt sah jede von ihnen aus wie ein ordentliches Mädchen: die schwarzen Haare glatt gekämmt, die schwarzen Leibchen wie aus Sammet, schwarze Äuglein, dunkle Weste, weiße Krawatte und den Rock mit langer Schleppe wie eine vornehme Dame.

Zu dieser Beratung flogen die Schwalben von allen Seiten zu Hunderten, ja zu Tausenden herzu. Als sie alle beisammen waren, begann die Versammlung.

Sie fingen mit Gesang und Gebet an. Wer nicht glaubt, daß die Schwalben beten, soll sie fragen und soll es im Wort Gottes nachschlagen. Ich weiß ganz bestimmt, daß sie beten und daß sie Gott, ihren Schöpfer, preisen.

Also, sie fingen an mit Gesang und Gebet. Nachher, als alle schwiegen, wurde ihnen eröffnet, es sei die Zeit gekommen, Afrika zu verlassen und in die alte Heimat zurückzukehren; es sollte nun beraten werden, welchen Tag und zu welcher Stunde der Zug zu beginnen habe, und es sollten Gesetze aufgestellt werden, wie man sich auf der Reise zu verhalten habe.

Die Schwalben wählten einstimmig aus ihrer Mitte die älteren als Ratgeber und hörten ihnen dann still zu.

,Morgen, wenn die Leute den Ersten im Monat zählen werden, seid ihr verpflichtet, an dem Ort der alljährlichen Zusammenkunft zu erscheinen. Die sich verspäten, müssen in Afrika bleiben. Zuerst werden wir über wunderschöne Gegenden fliegen, bis wir zu einem großen Wasser kommen. Das Wasser heißt Meer. Seht darauf, daß ihr alle recht zusammenhaltet, so wie man euch verteilt, denn wer zurückbleibt, ist nicht sicher vor den wilden Vögeln. Vor tausend Schwalben haben auch die Raubvögel Angst, aber eine oder zwei verschlingen sie.

Solange wir noch über schöne Gegenden fliegen, müßt ihr recht den Befehl beachten und oft und lange gemeinsam ausruhen. Und wenn noch so viele Mücken um euch herumfliegen, dürft ihr euch an ihnen nicht überfressen, damit ihr nicht zu fett werdet und dann zu schwer seid. Am Meer werden wir wiederum Versammlung halten und übergeben uns in die Hände unseres Gottes; denn wir haben dann einen gefährlichen Weg vor uns. Ihr werdet nichts anderes sehen als Wasser und immer

Wasser, denn es gibt nichts, wo man ausruhen könnte. Alles liegt in der Hand unseres Schöpfers, darum werden nur *die* Schwalben über das Meer fliegen können, welche die uns gegebenen Gebote Gottes am besten befolgen und die am meisten beten werden. Auch jetzt laßt uns beten!'

So beteten sie und sangen und die Beratung war zu Ende. Am anderen Tag war das Ufer des großen und schönen Flusses ganz schwarz. Zuerst kamen hundert Schwalben herbeigeflogen, dann tausend, dann fünftausend, dann zehntausend, dann hunderttausend, und dann waren ihrer so viele, daß sie kein Mensch zählen konnte. Es sah aus wie ein Kriegsheer. Zwischen dem Heer flogen auch graue Schwalben hin und her und schafften Ordnung; diese wurden die Führer genannt. Aber es waren unter ihnen auch weiße Schwalben, so weiß und rein, daß es schien, als ob sie den Staub der Erde niemals berührt hätten; die flogen mitten durch die Abteilungen, ermahnten zum Gebet und zum Gehorsam gegen den heiligen Schöpfer, den lebendigen Gott. Und da es auch unter den Schwalben Knaben und Mädchen gibt, so spielten die Knaben miteinander, sie maßen ihre Flügel, wer die längsten habe und am besten würde fliegen können. Sie unterhielten sich: über das Meer hinüberzufliegen, das sei weiter gar nichts. Sie machten sich untereinander bekannt, ja, sie begannen auch, sich zu raufen, um zu probieren, wie es im Kampf mit den Raubvögeln sein würde.

,Laßt das!' ermahnte eine alte, graue Führerin. ,Ihr sollt ja nicht kämpfen, Gott wird für euch streiten; wir sollen nur beten, glauben und fliegen. Wenn ihr mit jedem Raubvogel kämpfen wolltet, kämet ihr nie zum Ziel.'

Die Mädchen hingegen schwatzten miteinander, was für ein Kleid jede habe, wer am schönsten gekämmt sei, welche von ihnen die schönste Krawatte, die längste Schleppe habe.

Eine weiße Schwalbe flog zu ihnen und sprach ernst: ,Denkt an Gott und an den weiten Weg; die Schönheit kann euch vor dem Verderben nicht retten, und wenn eine von euch in das Meer fällt, wird sie samt ihrer Schönheit umkommen.'

Die alten Schwalben suchten ihre Knaben und Mädchen zusammen, machten sie ordentlich, soweit es nötig war, besonders die Knaben, die ganz zerzaust waren. Dann beteten sie und sangen, und aus tausend und aber tausend Kehlen ertönte es: ,Lebe wohl, Afrika! Lebe wohl, Afrika!'

Die Sonne wurde von der schwarzen Wolke verdunkelt, die Leute hörten auf zu arbeiten, schauten der Wolke nach und sprachen: ‚Die Schwalben ziehen heim.'

Ja, das war ein schöner Weg durch die prächtige Gegend bis zum Meer, schön auch wegen der vielen neuen Bekanntschaften, die die Schwalben miteinander machten. Auf den Befehl der Führer mußte man oft und lange rasten, so daß fast keine von den Schwalben Müdigkeit verspürte.

Plötzlich sahen sie in der Ferne das Meer. ‚Ausruhen!' hieß der Befehl. Viele wollten am liebsten gleich weiter, aber die Führer ließen es nicht zu; die Flügel brauchten Ruhe, und sie mußten sich mit Gebet stärken.

Die Führer musterten das ganze Heer. Wer eine kleine Verletzung oder vielleicht einen gebrochenen Flügel oder sonst etwas Krankes hätte, sollte es melden, die Versammlung werde auf ihn warten, bis er wieder ganz gesund sein würde.

Etliche bekannten es, andere beachteten so eine kleine Verletzung gar nicht; das würde unterwegs schon wieder gut werden. Andere wieder waren unfolgsam; als sie ringsumher so viele Mücken sahen, konnten sie sich nicht bezwingen und schnappten immer wieder nach ihnen. Die Warnung der weißen Schwalben, daß nur die, welche sich verleugnen und ihre Begierden bezähmen würden, über das Meer kommen könnten, ging ihnen zum einen Ohr hinein, zum anderen wieder hinaus.

In den wenigen Tagen, als das Heer am Strande rastete, waren sie so dick und faul geworden, daß, wo sie sich auch hinsetzten, sie einschliefen, und wenn sie nicht schlummerten, so schielten sie nur nach den Mücken. Sie schliefen auch bei der großen Gebetsversammlung, ja sogar als alle beteten, hörte man ihre Stimmen nicht, und selbst wenn sie mit den anderen sangen, ging ihr Verlangen nur nach den Mücken.

‚Also im Namen unseres Schöpfers ziehen wir weiter!' ertönte es im Heerlager.

‚Lebe wohl, Afrika! Lebe wohl, Afrika!' riefen wieder Tausende von Stimmen, ‚übers Meer ziehen wir heim', und das Echo erwiderte: ‚Heim!'

Die Knaben, die am Fluß gemeint hatten, das sei ja gar nichts, überzeugten sich bald davon, daß das Meer groß ist, und *wie* groß! Lange flogen sie, und nirgends sahen sie etwas als nur Wasser und wieder Wasser.

Die Füße und Flügelchen wurden müde, die Köpfchen begannen vor Ermattung sich zu senken, die Augen schauten, ach, schauten so sehnsüchtig aus nach einer Ruhestätte, und die Führer riefen immer nur: ‚Fliegen, fliegen!'

Die, welche am Ufer ihre Verletzungen und gebrochenen Flügel nicht beachtet hatten, fielen eine nach der anderen in das grüne Wasser. Wenn eine gesunde hineinfiel, trug das Wasser sie eine Weile, und dann erhob sie sich wieder mit neuer Kraft, aber jene konnten sich nicht mehr emporschwingen, sie schwammen und ertranken.

Die mit Mücken übersättigten Schwalben blieben zurück, eine nach der anderen, zuerst nur ein wenig, dann immer mehr; die Kraft versagte ihnen. ‚Wartet auf uns, wartet!' riefen sie und baten – vergeblich, der Befehl der Führer lautete: ‚Fliegen, fliegen!', und es war ein göttlicher Befehl; denn Gott gab einer jeden folgsamen Schwalbe so viel Kraft in ihre Flügel, wie sie zu dem Flug über das Meer brauchte; mit jeder Minute wurde die Kraft geringer, sie durften nicht verweilen und warten.

Die armen, unfolgsamen Schwalben! Dort am Ufer hatten sie ihren Gelüsten nicht widerstehen können, und jetzt waren sie zu schwer zum Flug; die Folge der Lust war, daß ihr Leib sie in das Meer hinabzog.

Dazu kamen plötzlich Gewitter, Regen und Sturm. Hunderte und Hunderte von den Schwalben fielen ins Meer; die, welche gehorsam waren und beten konnten, rafften sich wieder auf, aber von den Ungehorsamen wurde keine einzige gerettet. Durch ihren Ungehorsam starben sie in der schrecklichen Tiefe; niemals werden sie ihr Nestchen wiedersehen, nie, nie wieder heimkehren. Als es den Schwalben schon am schlimmsten ging, sahen sie von ferne ein Schiff nahen. Sie ließen sich darauf nieder, wo sie nur konnten. Oh das war eine Freude! Die Matrosen freuten sich zwar nicht darüber; aber die Reisenden und die Kinder, welche auf dem Schiff waren. Sie erfreuten sich an ihrem lieblichen Gezwitscher und trugen ihnen Grüße auf an die Heimat.

Nachdem die einen ausgeruht hatten, setzten sich die anderen, und dann wieder andere, bis alle ausgeruht hatten.

Aber noch ein Gewitter lichtete die Reihen des Vogelheeres. Es schien den Schwalben: Es geht nicht, wir müssen alle umkommen! ‚Wir kommen nicht um', riefen die weißen Führer, ‚nur glauben und gehorchen, Gott wird uns stärken.'

‚Land, Land!' rief da plötzlich das erste Tausend. Das ganze Heer jubelte. Die Vöglein nahmen ihre letzte Kraft zusammen, und außer denen, die im letzten Augenblick ihren Glauben und die Hoffnung auf die Hilfe Gottes verloren, und die so ihre Kraft verließ, daß sie fielen und umkamen – fast am Ufer von Europa –, außer diesen erreichten alle das Land und breiteten sich aus zu einer langen, freudigen Rast.

Als sie sich etwas ausgeruht hatten und wieder aufgelebt waren, hielten sie Versammlung. Sie begannen mit Gebet und einem jubelnden Dankesgesang zu ihrem guten Schöpfer, der ihnen so wunderbar geholfen hatte. Dann wartete ihrer wieder eine wichtige Arbeit und Beratung. Bis dahin waren sie alle zusammen geflogen, jetzt wurden sie verteilt. Jede Schwalbe mußte ihren Geburtsort angeben.

Es waren da Schwalben aus England, Frankreich, Deutschland, Rußland, Italien, Österreich, Ungarn, und unter diesen waren auch böhmische und slowakische Schwalben. Man verteilte sie zuerst nach den Ländern, dann nach den Gegenden und zuletzt nach den Städten und Dörfern.

Das ganze Lager bedankte sich bei den grauen Führerinnen; alle nahmen noch die Ermahnung mit, wenn sie nach Hause kämen, mit großem Jubel einzuziehen und den Leuten den Sommer anzukündigen. Sie verabschiedeten sich, und schon flogen sie in die weite Welt hinaus. Noch im Fluge rief eine der anderen zu: ‚Wohin ihr?' ‚Nach Petersburg! Nach Moskau!' ‚Und ihr, wohin?' ‚Nach Paris!' ‚Und wir nach Prag!' ‚Wir nach Wien!' ‚Wir nach Rom!' ‚Fliegt mit Gott! Fliegt mit Gott!'

Nachdem sie sich voneinander getrennt hatten und diejenigen sich zueinander gesellten, welche näher beisammen wohnten, fingen die böhmischen Schwalben mit den slowakischen ein Gespräch an:

‚Wohin geht ihr?

‚Wir nach Wien!'

‚Und wo wohnt ihr dort?'

‚Wir haben unser Nest an die Votivkirche angebaut; diese Kirche wurde zur Erinnerung daran gebaut, daß einst ein böser Mensch den Kaiser töten wollte und Gott es nicht zugelassen hat. Freilich sehen uns die Menschen dort nicht gern, aber wir fragten den Herrn, ob wir dürfen, und er sagte: Ja! Nun, so wohnen wir dort. Und die hier wohnen ganz oben am Stephansturm. Und woher seid ihr?'

,Wir wohnen in Prag am Hradschin, das war das Schloß der Könige von Böhmen, und an der St. Veitskirche. Schon oft dachten wir, daß wir den Leuten bauen helfen müßten, damit sie endlich einmal fertig würden. Sie bauen an der Kirche schon länger als hundert Jahre.'

,Wir gehen nach Trencin!' *)

,Wo ist das?'

,Ach, im Waagtal.'

,Und wir nach Budapest; dort ist gut wohnen, denn bei der Donau sind viele Mücken.'

,Wohnt ihr vielleicht in der Burg in Ofen?' **)

,O nein, dort wäre es uns zu traurig.'

,Und woher seid ihr?'

,Wir sind aus den Dörfern und wohnen nahe beisammen, nur über einen Hügel brauchen wir zu fliegen, so sind wir schon beieinander. Aber hier ist die Grenze; wir müssen uns trennen. Gott begleite euch!'

So kamen die Schwalben aus Afrika über das weite Meer, jede in ihre Gegend, in ihre Stadt und ihr Dorf, ja, jede in ihr eigenes Nestchen. Sie kamen in unser Dorf, in unsere Häuser. Sie kamen mit großem Jubel. Wir begrüßen sie auch mit Freuden: ,Die Schwalben sind gekommen, es wird bald Sommer werden!'

Nun, so sind die Schwalben heimgekommen», schloß Method.

«Aber wie werdet ihr einmal heimkommen? Oder denkt ihr, ihr seid schon daheim und werdet hier bleiben bis in Ewigkeit?»

«O nein», überlegten die älteren Kinder, «denn wir müssen ja sterben.»

«Und wohin geht's dann?»

«In das Grab», riefen die einen, «in den Himmel» die anderen.

«Ja, im Himmel ist unsere Heimat. Aber, was denkt ihr, kommt ihr ganz gewiß in den Himmel? Was machten die Schwalben unterwegs?»

«Sie beteten, sie gehorchten.»

*) Slowakisch «Trencin», deutsch «Trentschin».
**) Der rechtsdonauische Teil heißt «Buda» oder «Ofen».

Ein kleiner Knabe meldete sich: «Sie aßen nicht viele Mücken.»

«So seht ihr, wenn ihr in den Himmel kommen wollt, müßt ihr auch dem gehorchen, was Gott befiehlt, und dürft das nicht tun, was er euch verbietet. – Jetzt sagt mir den Vers, den ich euch gelehrt habe.»

«Des Menschen Sohn ist gekommen, zu suchen und selig zu machen, was verloren ist.»

«Wißt ihr noch, wer das ist ,des Menschen Sohn'?»

«Der Herr Jesus», riefen die Kinder.

«Und wen kam er zu suchen?»

«Uns.»

«Ja, uns. Er kam, wie ich euch schon gesagt habe, um am Kreuz für eure und meine Sünden zu sterben, und er sucht uns nun. Wer an ihn glaubt, der folgt ihm nach und braucht nicht mehr für seine Sünden zu sterben; er braucht weiter nichts als zu gehorchen wie die Schwalben, so bringt der Herr Jesus ihn heim in den Himmel. Das wird eine große Freude sein. Dort wird ein jeder in sein Häuschen fliegen wie in ein Nest. Aber jetzt geht nur, euer Vieh ist schon ungeduldig; und vergeßt nicht, wie die Schwalben aus dem fernen Lande heimgekommen sind; habt sie gerne und achtet sie, die den weiten Weg gemacht haben, denn das sind die folgsamen Schwalben; die unfolgsamen sind ja in dem Meer ertrunken und dort begraben.»

Die Kinder liefen auseinander auf die Wiesen zu ihrem Vieh, die Jünglinge blieben allein, in tiefes Nachdenken versunken.

«Höre, Method», sagte plötzlich Samko, «das ist eine außergewöhnliche Geschichte. Wenn das ein Bild unserer Heimreise in den Himmel sein soll, dann sind wir hier in Hradova noch nicht einmal auf dem Wege dorthin.»

«So, meinst du? Und warum?» Über Methods Lippen flog ein schönes Lächeln.

«Nun, die Schwalben fingen alles mit Gebet an, sie bereiteten sich vor für die Abreise; aber wir leben so, als würden wir wirklich ewig hier bleiben, obwohl wir im Dorf einen Friedhof haben. Wir fangen nichts mit Gebet an.»

«Und warum nicht? Ist Gott nicht gütig? Ist er es nicht wert, daß ihr ihn preist? Ist er nicht allmächtig, daß ihr alles von ihm erbitten dürft?»

«Ja, aber wir denken nicht an ihn.»

«Samko, die Schwalben hielten einen Rat und eine Gebetsversammlung, bevor sie die Heimreise antraten. Es wäre zwar
sehr angebracht, wenn unser ganzes Dorf zusammenkäme, um
sich im Gebet Gott zu übergeben und ihn zu bitten, daß er euch
glücklich über das Meer zu den Ufern des ewigen Heils bringen
möge; aber da es alle auf einmal nicht tun werden, können wir
zwei da nicht anfangen und es jetzt gleich tun?»

«Jetzt hier? Das müßte doch wohl in der Kirche sein.»

«Wir sind auch jetzt in einem Tempel, den Gott selbst erbaut
hat, und er ist an jedem Ort. Meinst du nicht?»

«Das ist wahr; aber ich kann nicht beten.»

«Willst du dich durch die Schwalben beschämen lassen? Die
Schwalben können ihrem Schöpfer sagen, was sie brauchen;
warum nicht du? Er ist wie ein guter Vater. Danke ihm für das,
was er dir bis heute Gutes gegeben hat! Bitte ihn um Vergebung,
daß du nicht an ihn gedacht hast, und bitte ihn, daß er dir
helfe, von heute an so zu leben, daß du dereinst heimkommen
kannst.»

Es war schon spät am Abend, als die beiden Freunde heim-
kehrten.

Der in Gedanken vertiefte Samko merkte nicht, wie fröhlich
die Eltern und wie gut sie zu ihm waren. Er sah im Hausflur
ein Nest und ein hin- und herfliegendes schönes Vöglein, und
in seinen Gedanken tönte es immer wieder: «So sind die Schwalben heimgekommen.»

«Ach», seufzte er aus tiefster Seele, «da sah ich sie jedes Jahr
und wußte nicht, daß Gott sie mir sendet als eine lebendige
Mahnung, daß auch ich mich für die Reise vorbereiten und einmal heimkommen soll.»

«Leset das Wort Gottes in euren Häusern, so werdet ihr
Christus finden; er wird euch selig machen und durch seinen
Geist lehren, wie ihr heimkommen könnt», hatte Method gesagt,
als sie sich trennten.

Samko wollte gehorchen und zuerst nur für sich lesen, weil
er die Buchstaben noch nicht so gut kannte; wenn er sie erst
besser verstünde, würden auch andere ihm zuhören.

Wie beim alten Juden David das Eis
zu schmelzen begann

Vor seiner Hütte saß unter einem schattigen Nußbaum der alte Jude David und bröselte mit seinen mageren Fingern das trockene Brot für seine zahmen Hühnchen. Der Mond schien auf das graue, unbedeckte Haupt des alten Mannes, eines Mannes, der auf der weiten Welt niemanden hatte.

Zwar waren das Häuschen, der Garten und dieser Nußbaum mit seiner Bank darunter sein Eigentum, aber seine Heimat war nicht hier. Er war ein Fremder unter Fremden, mit denen er niemals in seiner Muttersprache reden konnte. Er wurde alt in diesem Dorfe, aber er lebte sich hier so wenig ein, wie er sich auch irgendwo anders eingewöhnt hätte.

Nichts fesselte ihn hier. Die Leute gewöhnten sich an ihn und er an die Leute; aber zu gegenseitiger Liebe kam es nicht.

Als er im Winter krank darniederlag, wußten die Nachbarn davon, aber sie kamen nicht zu ihm. Wer würde auch zu einem Juden gehen! Nur einer kam, und der kam immer und pflegte ihn; er scheute sich nicht vor ihm. An ihn mußte der Alte immer wieder denken, so auch jetzt. Dem Alten, der am Rande des Grabes stand, geschah etwas Unerwartetes. Sein Herz, das er schon erstorben glaubte, begann für den fremden jungen Mann warm zu werden; und dieser junge Mann war ein Christ.

Anfangs hatte der Alte mit dem Mißtrauen eines echten Juden, der unter den Christen viel Unrecht erdulden muß, auf das ungewöhnliche Treiben des Fremdlings geschaut, der hier so plötzlich aufgetaucht war wie ein unerwartet hereinbrechender Lichtstrahl. Noch keiner von den Nachbarn hatte bis jetzt einen Unterschied zwischen sich und Ondrášiks Knecht bemerkt; – der Jude sah ihn längst.

Er sah ihn von dem Augenblick an, als ihm der junge Mann zum erstenmal Wasser vom Brunnen holte und sich dann in seiner ärmlichen Hütte hinsetzte und so freundlich mit ihm sprach, als hätte er den alten David lieb, ihn, den niemand lieb hatte und den die Nächsten verlassen hatten. Mißtrauisch beobachtete der Alte den jungen Mann, ob er nicht in die Sünden falle, in welchen die anderen Christen lebten. Aber vergebens.

Bis heute sah er an seinem tadellosen Wandel keinen Flecken. Er trank nicht, er fluchte nicht, er kannte die Gebote Gottes, welche den Juden am Sinai gegeben wurden, und hielt sie Tag für Tag. Der Jude wußte, daß der junge Christ Gott liebte und daß er wirklich auch die Menschen liebte. Er forschte heimlich nach, aber es gab keinen Nachbar, dem Method nicht schon einen Dienst geleistet hätte.

«Im Winter», hatte der alte Nachtwächter erzählt, «als ich, ein Bündel Holz auf dem Rücken, aus dem Walde heimkehrte, holten mich Ondrášiks ein. Method sprang gleich vom Wagen herunter, bot mir seinen Platz zum Sitzen an, und er selbst ging zu Fuß neben dem Wagen bis zu seiner Hütte.»

Und im Frühjahr, als sie bei Ondrášiks auf dem Felde pflügten, hatte er der alten, unfreundlichen Witwe Hlinárka, die einen Acker neben ihren Feldern besaß und vor der sich jeder fürchtete, weil sie so furchtbar fluchen konnte, den Acker umgegraben. Bis heute hatte ihr niemand etwas Gutes getan außer dieser fremde, junge Mann.

Es waren nicht große Dinge, die er tat; er konnte ja auch nicht, denn er war nur ein einfacher Knecht. Aber eines war sicher, er bemerkte alles, was den Leuten fehlte, und wenn es in seiner Macht lag, so diente er ihnen aus Liebe. Ja, er tat es, als könne er gar nicht anders.

Der Jude hatte aufgepaßt, wie er sich als Knecht bewähren und ob er nicht bald untüchtig werden würde. Aber er war schon manche Jahre hier, und er sah, daß die Schwiegersöhne von Ondrášik auf seine Sachen niemals so achtgaben wie dieser Knecht. Was er auch auszubessern fand, ob im Hause oder in der Wirtschaft, er veranlaßte seinen Herrn dazu. Auch Elieser konnte dem Abraham nicht treuer gedient haben als dieser Knecht dem dummen Bauern.

Der Jude nämlich hielt Ondrášik für dumm. Oft sah er, wie es bei ihm rückwärts anstatt vorwärts ging; aber er wollte ihn nicht warnen. Was ging ihn der Heide an! Er verachtete ihn gerade so, wie der Bauer den Juden. Der Jude merkte, daß Method klüger war als sein Herr, aber niemals hörte er den Knecht über seinen Herrn anders sprechen als mit Ehrfurcht und Liebe. –

Alles war an ihm rein. Er war noch jung. Ondrášiks hatten eine Tochter, Petráš zwei. Der Brunnen war gerade vor den

Fenstern des Juden. Er paßte auf, ob er bei ihm nicht ähnliches sehen würde wie bei den anderen jungen Leuten, das, was die Leute Scherz und Übermut der Jugend nannten. Oft sah er alle drei Mädchen und wie Method ihnen Wasser schöpfte und dabei freundlich mit ihnen sprach; sie lächelten ihn an und er sie wie ein Bruder. Unwillkürlich verglich der Jude ihn mit Joseph in Ägypten. Obwohl die Töchter von Petráš sonst recht ausgelassen waren, benahmen sie sich doch ihm gegenüber ziemlich anständig, ja sie wurden sogar ordentlicher, seitdem er öfter zu Samko kam.

Als Method die vergangene Woche zu ihm gekommen war, hatte sich der Jude gefreut, weil er sich in seiner Schuld fühlte und dem jungen Mann seine Liebe schon gerne irgendwie vergolten hätte; jetzt kam der Jüngling selber, ihn um einen Dienst zu bitten.

Vielleicht niemandem in der Welt zuliebe hätte David es getan, aber da ihn Method darum bat, willigte er freudig ein; doch er sagte: «Warum sorgst du so für den Nachbarn? Was geht er dich an? Er hat Eltern und Verwandte, mögen sie für ihn sorgen.» – Dabei wartete der Alte auf ein böses Wort, das Method vielleicht gegen Petráš aussprechen würde.

«Wißt Ihr, Nachbar», sagte der Knecht, «du sollst Gott, deinen Herrn, lieben von ganzem Herzen und deinen Nächsten wie dich selbst. Wenn ich z. B. lahm wäre, würde es auch mir wohltun, wenn jemand für mich sorgte.

Die Eltern haben Samko lieb; wenn sie aber bis heute nichts für ihn getan haben, so muß ich es tun. Gott gab mir diesen Gedanken, und ich glaube, daß ein guter Rat ihnen gut tun wird.»

Ja, in allem mußte der Alte den jungen Christen bewundern und lieben, nur wegen einem haßte er ihn fast: daß er ihm mit seinem Christus keine Ruhe ließ. Immer wieder erzählte er von ihm, bei jedem Kapitel des Alten Testaments kam er auf ihn, jedes Gespräch endigte mit den Worten: «Er liebt Euch!»

Der alte David wollte nicht an diese Gespräche denken; wenn er sie nur vergessen könnte, dann würde er auch nicht daran denken. Warum hatte er ihm erlaubt, die Geschichte von dem vorzulesen, der den Kopf der Schlange zertreten, der Abrahams Same sein sollte, in dem alle Geschlechter auf Erden gesegnet werden sollten, der der Sohn Davids sein sollte, der verheißene Messias! –

Seine Religion war so gut; sie war eine Religion der Liebe; sie stahl sich in das durch Unrecht verbitterte Herz des Alten wie ein heilendes Öl. Hätte David vorher die Lehre Christi gekannt, so würde er verächtlich gelacht haben; denn von denen, die um ihn lebten und sich Christen nannten nach jenem Christus, lebte doch keiner nach seiner Lehre. Sie schimpften, fluchten, schlugen sich, mordeten, stahlen, gingen von Gericht zu Gericht und vergaben einander nicht. Sie gingen in die Kirchen, taten aber nicht danach, wie ihnen dort gepredigt wurde.

Es waren im Dorfe zwei Kirchen zweier Bekenntnisse, Katholiken und Evangelische. Sie haßten einander, sie verachteten einer des anderen Bekenntnis und Lehre, und dabei glaubten sie an den, der Liebe und Barmherzigkeit gepredigt hatte. Der Alte hätte häßlich gelacht, wenn einer von ihnen zu ihm gekommen wäre und ihm die Lehre Christi angeboten hätte; er hätte sie mit dem Leben ihrer Bekenner verglichen.

Aber dieser gute, fremde, junge Mann lebte, er lebte wirklich so, wie es Christus fordert; er liebte diesen Christus und gehorchte ihm; er konnte es. Wenn er es aber konnte, warum nicht die anderen? Warum war zwischen ihm und den übrigen ein so großer Unterschied?

Der Alte hielt inne in seinen Gedanken; niemand konnte ihm diese Frage beantworten.

«Guten Abend!» klang es da unweit von ihm; vor ihm stand der, an den er heute schon so viel gedacht hatte und den er kaum erwarten konnte.

«Ich dachte schon, ich würde Euch nicht mehr besuchen können.»

«Auch ich glaubte schon, daß du nicht mehr kommen würdest.»

Über das runzelige Gesicht des Alten flog ein Freudenschimmer. Wenn man lange niemanden gehabt hat und dann jemanden zu lieben beginnt, so geht es meistens tief.

«Setze dich her!» Der Mann machte bereitwillig Platz. «Ich bin neugierig, was du bei Petráš ausgerichtet hast und wie es dir ergangen ist.»

Method setzte sich und erzählte. «Wer weiß, wer weiß», schüttelte der Jude mißtrauisch den Kopf, «ob er es sich nicht noch anders überlegen wird.»

«Ich hoffe das Beste; ich betete auch jetzt, daß die Sache gelingen möge, und glaubte, daß ich erhört werde.»

So sprachen sie eine Weile, und der Greis selbst machte Pläne, wie es Petráš's am besten anfangen sollte. Das Herz des alten Geschäftsmannes begann sich in ihm zu regen.

«Nachbar», sagte plötzlich Method, «wenn Ihr gewußt habt, wie geeignet dieser Ort zu einem Geschäft wäre, warum habt Ihr nicht selbst eins angefangen? Warum habt Ihr Euch mit den Lumpen geplagt?»

Method nahm die Hände des alten Mannes und schaute ihm freundlich in das Gesicht, das plötzlich von tiefem Schmerz umwölkt wurde.

«Wozu? Was hätte mir ein Geschäft genützt? Wer hätte für das übrige gesorgt? Ich stehe allein in der Welt wie ein Baum in der Wüste. Etwas tun, mich irgendwie ernähren, mußte ich. Ohne Arbeit wäre ich in meiner Verlassenheit und in meinem Schmerz gestorben; nun, so tat ich, was ich konnte. Aber warum erwähnst du das?»

Der Alte zog seine Hände fast ungestüm zurück, bedeckte damit sein Gesicht und stützte die Ellbogen auf die Knie. Eine Weile saß er so zusammengesunken da, von dem Schmerz der Erinnerung gänzlich überwältigt. Method schaute ihn an mit unverhohlenem Mitleid und Bedauern, dann schloß er ihn in seine Arme und lehnte den alten, grauen Kopf an seine Brust. Den Alten hatte schon lange niemand mehr umarmt, schon lange hatte er nicht mehr die Wonne gefühlt, geliebkost zu werden. Einst, als er jung war, da wußte er, wie solch ein Liebesbeweis beglückt. Dann, nachdem das Glück entschwunden war, für immer entschwunden, als er seine Arme leidenschaftlich, aber umsonst ins Leere ausstreckte und sein Herz vor Sehnsucht verschmachtete, umsonst, umsonst! – da bezwang er sein Herz so lange, bis er daraus jedes menschliche Gefühl verdrängt zu haben glaubte und dachte, es sei schon wie ein Fels. Aber jetzt zeigte es sich, daß es kein Fels war, es war nur Eis. Das Eis begann zu schmelzen, als die Sonne kam.

Der Mann erlebte in der Umarmung Methods, wie wenn der Sturm einen alten Baum erschüttert. Ein heißes Schluchzen entrang sich seiner Brust, nach langen Jahren rannen die ersten Tränen über die runzeligen Wangen. Der Jüngling wehrte dem Schluchzen des Mannes nicht; er lehnte sein junges Haupt an das graue des Mannes; die Augen wurden ihm feucht, und da die Hände des Weinenden das Gesicht nicht mehr bedeckten, trocknete er ihm die Tränen von den Wangen und Augen.

«Laß mich!» sagte der Alte schluchzend, «warum plagst du dich mit einem alten Juden ab? Jeder verabscheut mich; warum kümmerst du dich um mich?»

«Weil ich Euch lieb habe, lieber Nachbar!»

«Weshalb solltest du mich lieb haben?» brach der Greis von neuem in Schluchzen aus; «mich hat schon lange niemand mehr lieb gehabt – ehemals meine Mutter; dann dachte ich ‚sie', aber das war nur Täuschung.»

«Was war Täuschung?»

«Laß mich los und frage mich nicht!» sagte der Alte, indem er sich aufraffte.

Method ließ ihn los.

«Glaubt es mir, Nachbar, es wäre Euch leichter, wenn Ihr jemandem sagen würdet, was Euch schon jahrelang drückt. Ich bin fremd, verraten kann ich Euch nicht; wenn Ihr Vertrauen zu mir habt, sagt es mir. Ich habe Euch lieb und werde mit Euch fühlen können.»

«Meinetwegen!» Der Jude richtete sich auf, in seinen fast erloschenen Augen loderte plötzlich ein Feuer. «Du hast mir viel Gutes erwiesen, auch jetzt, wo du dich des alten Mannes angenommen hast. Du bist gut, die Welt aber schlecht; vielleicht kann ich dich vor einem Unglück bewahren, und du wirst vorsichtiger sein als ich. – Wenn du mich anschaust, meine gekrümmte Gestalt, mein runzeliges Gesicht und die halbblinden Augen, wirst du vielleicht kaum glauben, daß ich auch einmal jung und schön war wie ein Baum im Walde, so wie du jetzt», begann der Alte; er lehnte seine magere Gestalt an den Baum und nahm des Jünglings Hände in die seinen.

«Meine Eltern hatten mir ein schönes Geschäft hinterlassen, und obgleich ich nicht reich war, glaubte ich doch, daß der Gott meiner Väter mich segnen würde. Nun, ich war trotzdem ein reicher Mann, denn ich hatte eine Frau wie eine Blume vom Libanon, und ein Kind – ach, ein Kind! Auch Mose konnte nicht schöner gewesen sein, als sich die Tochter Pharaos über seine Schönheit erbarmte. Wenn ich an mein Glück und die

Seligkeit von damals denke, so meine ich, daß auch Adam im Paradiese nicht glücklicher sein konnte; ach, und nun ist das alles dahin!

Wie soll ich es sagen? Ich war oft weg von zu Hause; das unglückselige Geschäft rief mich fort, und ich wußte nicht, daß auch ein anderer Augen hatte. Einst kehrte ich heim, voller Freude und Hoffnung kam ich heim – das Haus war leer.»

Der Greis fuhr sich in die Haare. «Es war ein anderer gekommen und hatte mir den Schatz meiner Augen, das Kleinod meines Herzens genommen. Wenn es noch ein Goi*) gewesen wäre, aber einer von uns, von uns!

Ich verzweifelte, lief wie wahnsinnig zum Gericht – alles umsonst! Ich mußte den Scheidungsbrief geben, und das Gesetz hat ihr auch das Kind zugesprochen. Er war angesehener als ich, ein Beamter vom Komitat; mich elenden Juden fertigten sie ab; nirgends fand ich Gerechtigkeit für mich, selbst bei Gott nicht. Ihnen ging alles nach Wunsch, bis sie fortzogen. Dann verschwanden sie aus Ungarn, und ich konnte nie mehr erfahren, wo mein Kind war und was aus ihm geworden ist.

Ach Method, wenn ich daran denke, möchte ich mit Hiob fragen: ,Wo ist Gott, daß ich zu ihm gehe und dort meine Klage vorbringe?' Er allein weiß, was aus meiner Tochter Esther geworden ist, und was aus meiner Frau. Sie hat mich verlassen, verraten, verraten, aber ich kann noch immer nicht glauben, daß *sie* schuld gewesen ist. Sie war sehr jung, als wir heirateten; er war ein schöner Mann, ein vornehmer Herr; er hat sie verführt. Wenn sie hätte zurückkehren wollen, so hätte ich ihr alles verziehen und hätte sie gerne wieder angenommen, o wie gerne! – Aber mich hat man nicht zu ihr gelassen, und ihr hat man vielleicht gesagt, ich würde böse und grausam sein; sie fürchtete sich, hat es geglaubt, und so war alles verloren.

Ich floh aus jener Stadt, begrub mich und meinen Schmerz in dieser Gegend und erwartete im Winter den Tod, daß er mich erlöse aus dieser Trübsal und ich meinen Schmerz mit ins Grab nehmen würde – und du hast mich veranlaßt, alles zu erzählen, und nun wird alles wieder lebendig: der Verlust, die Sehnsucht, der Schmerz – alles! Was hast du davon?»

*) Jüdische Bezeichnung für «Christ»; meist in verächtlichem Sinne gebraucht.

«Sehr viel, lieber Nachbar! Ich weiß nun, wofür ich beten soll; und es wird einmal die Zeit kommen, daß Ihr nicht bereuen sollt, mir Euer Vertrauen geschenkt zu haben.»

Method erhob sich, der Jude unwillkürlich auch. Sie gingen in die kleine Hütte hinein.

Nachdem der Alte Licht gemacht hatte, bemerkte Method die leeren Krüge; er nahm sie und holte frisches Wasser. Darauf ordnete er das ärmliche Lager, wie er es während der Krankheit getan hatte. Dann setzte er sich zu ihm auf die Bank an den Tisch, öffnete das große, alte Buch und begann zu lesen. Der Jude bedeckte sein graues Haupt mit einer Mütze, und auch Method setzte seinen Hut auf, um ihn nicht zu ärgern; weil nämlich die Juden es für eine Nichtachtung des Wortes Gottes halten, wenn ein Mann mit unbedecktem Haupte darin liest.

Heute, obwohl sie das 53. Kapitel des Jesaja lasen und Method erzählte, von wem es handle, widersprach der Alte nicht. Still und ernst gingen sie auseinander.

«Unter den Schwalben, welche heimfliegen»

Manchmal vergeht Woche um Woche, Monat um Monat, und man weiß gar nicht, wo die Tage hin sind. So war es auch bei Ondrášiks. Zwar gab es bei ihnen viel Arbeit; aber in keinem Sommer wurde sie so leicht fertig wie in diesem Jahre.

«Vielleicht kommt es daher», dachte die Bäuerin, «daß wir jetzt immer mit Gottes Wort und Gebet anfangen und auch aufhören.»

Sie selbst war schon wieder soweit hergestellt, daß sie kochen konnte. Dorka brauchte nicht von der Feldarbeit wegzubleiben. Nur brachte sie ihr morgens mit Method und Ondrej Wasser oder Holz oder was sonst nötig war, herzu. Und wer dem Hause am nächsten war, der ging hin und wieder nachschauen, ob sie nichts nötig habe. Noch nie in ihrem Leben war es der Frau Ondrášik so gut gegangen wie jetzt.

Früher war der Mann oft böse und hart gewesen; auch sie hatte einen harten Kopf. Wenn er angetrunken war, obwohl er kein Trunkenbold war, und sich im Hause schlecht benahm, hatte sie gezankt; dann sprachen sie manchmal wochenlang nicht mehr miteinander. Die Töchter waren verheiratet, und die Schwiegersöhne wollten nicht gehorchen; so ging es mit der Wirtschaft nicht vorwärts. Heute fühlte es die Bäuerin: es war auf dem ganzen Hause kein Segen Gottes gewesen. Sie hatten das ganze Jahr hindurch nicht viel gebetet, außer wenn sie zum heiligen Abendmahl gingen, morgens beim Aufstehen murmelte jeder etwas, dachte sich aber nichts dabei. Undankbar waren sie und schlecht, ganz von Gott abgefallen; wie hätte er sie segnen können. Die Frau erkannte, daß sie zu Gott zurückkehren müsse, und so bekehrte sie sich von ganzem Herzen. Sie fühlte, wenn irgend jemand in der Welt einen Heiland brauchte, so wäre sie es; so öffnete sie ihr Herz dem Sohne Gottes, Jesus Christus, und er nahm sie an.

Als sie einmal abends mit ihrem Manne zusammensaß, gestand sie es ihm und bat ihn, er möge es ihr verzeihen, daß sie ihm keine so gute Frau gewesen sei, wie sie hätte sein sollen; aber sie wolle, da ihr Gott das Leben von neuem geschenkt habe, besser nach Gottes Willen leben und ihren Hausgenossen besser dienen.

Ondrášik fühlte sich beschämt; Tränen traten ihm in die Augen.

«Nun, vergeben wir uns gegenseitig!» antwortete er; «du warst mir eine bessere Frau, als ich dir Mann gewesen bin. Aber Method hat recht, so kann es nicht bis zum Tode weitergehen; denn was dann? Wir müssen haltmachen und neu anfangen!»

«Wirklich, wir lebten ganz gegen den Willen Gottes!»

«Ich habe es noch niemandem gesagt, dir sage ich es: wenn ich den Burschen sehe, wie er lebt, und bedenke, wie ich in meiner Jugend und bis heute gelebt habe, so muß ich mich immer wieder schämen. Wir haben auch das Wort Gottes, aber wir lesen es das ganze Jahr hindurch nicht; ja, gestehen wir es uns nur: wir lebten schlechter als das dumme Vieh. Das frißt, schläft und arbeitet, frißt, schläft und arbeitet – aber es flucht wenigstens nicht. Auch wir haben geschlafen, gearbeitet, gegessen, aber dabei getrunken, Gott gelästert und den Menschen geflucht; und so haben wir auch unsere Kinder erzogen. Es wundert mich nicht, daß sie davongelaufen sind; sie haben wenig Gutes zu Hause gehabt.»

So redeten Mann und Frau miteinander. Es war an demselben Abend, einem katholischen Feiertag, als sich im Obstgarten wieder Samko Petráš mit Dorka unterhielt. Er saß auf der Bank, welche Method für die Bäuerin gemacht hatte; sie stand ihm gegenüber, an einen alten Birnbaum gelehnt, und hörte ihm zu, wie er ihr die schöne Geschichte von den Schwalben, wie sie heimgekommen waren, erzählte. Dabei sagte er ihr, daß er auch schon auf dem Wege sei, daß er jeden Tag mit Gebet anfange und beschließe und daß er sich fürchte, die Gebote Gottes zu übertreten. Dann erzählte er ihr, wie er bei dem alten David rechnen und besser schreiben lerne, daß der Vater ihm ein Geschäft eröffnen wolle und daß der neue Anbau eine Wohnung für ihn enthalten würde.

Das Mädchen freute sich aufrichtig. Schon von Kind auf hatte sie den Samko bedauert und später öfters gedacht, was wohl einmal aus ihm werden würde. Damals konnte er freilich fast nicht gehen; jetzt ging es schon besser, wenn auch langsam; sonst war er ein schöner Jüngling. Er würde also nicht nur so nutzlos vor dem Hause oder im Garten sitzen müssen. Zwar wußte Dorka schon längst von seinen Schwestern, was man bei ihnen plante, doch wollte sie ihm die Freude nicht stören und stellte sich, als wüßte sie nichts davon.

Ondrej kam dazu, gerade als Samko wieder die Schwalben erwähnte; er hatte es schon einmal von ihm gehört. Sie überlegten miteinander, wie schön und dienlich es wäre, wenn sie so zusammenkämen und solche Gebetsversammlungen hielten wie die Schwalben.

«Wißt ihr», sagte Dorka, «wenn jeder Tag ein Stück von der Heimreise ist, so sollten wir jeden Tag so anfangen; die Schwalben sangen und beteten immer, bevor sie ein Stück des Weges flogen.»

Als dann bei Ondrášiks die Familie zum Abendessen zusammenkam und nach dem Essen der Bauer Method aufforderte, aus der Bibel vorzulesen, da schaute Dorka den Ondrej an und er sie, dann blickten sie auf ihre Eltern, und in ihrer Seele stieg der Gedanke auf: Es scheint, sie wollen auch mit den Schwalben ziehen.

Die umliegende Welt schlief indessen weiter in Sünden; aber die Familie Ondrášik und ihre Nachbarn wachten langsam auf. Der Heilige Geist öffnete ihnen die Augen und die Schrift. Sie fingen an, Gott zu suchen, sich selbst und ihre Sünden zu erkennen; aber sie begannen auch Christus zu erkennen und traten mit den Schwalben die Heimreise an, aber leider – nicht alle.

*

In diesem Herbste gab es sehr viele Pflaumen in der Gegend. Prachtvoll hingen ihrer so viele an den Bäumen, daß die Äste unter ihrer Last brachen.

«Weißt du was?» sagte eines Nachmittags der Bauer Petráš zu seinem Sohne, «ich werde mir im Gemeindehaus die Erlaubnis zum Brennen holen; wir werden Slibowitz *) brennen. Auch von anderen kaufe ich noch dazu; bekomme ich dann die Lizenz, so kannst du Slibowitz verkaufen. Und wenn du den Leuten davon anbietest, werden sie um so lieber in den Laden kommen.»

Dem Jüngling taten die Worte weh, aber er sagte dem Vater nichts. Als dieser in die Scheune gegangen war, begab er sich zu

---

*) Der beliebteste Branntwein unter dem slowakischen Volke.

Method. Er fand ihn auf seinem Grundstück beim Graben. Unweit von ihm arbeiteten auch Podhájskys.

«Willkommen, Samko! Was führt dich her?»

«Ja – nur so; ich muß dir etwas erzählen.»

Die Freunde begrüßten sich, und Samko erzählte, was ihm der Vater gesagt hatte.

Methods Gesicht wurde düster. Ein Blitz des Zornes, wie es Samko noch nie bei ihm gesehen hatte, zuckte aus seinen Augen.

«Das ist ein Teufelsgedanke! Samko, was würdest du sagen, wenn dir dein Vater befehlen würde, mit diesem Spaten dort den Nachbar Podhájsky zu töten?»

«Aber Method, was redest du! So etwas würde mein Vater mir niemals befehlen», rief Samko erschrocken aus, «und ich würde es nie, niemals tun!»

«O du wirst es tun; eröffne nur ein Wirtshaus, ob geheim oder öffentlich; du weißt, welch ein furchtbarer Trunkenbold Podhájsky war, und wie es ihn an Leib und Seele zugrunde gerichtet hat, und daß er schon war wie ein Tier. Jetzt ist durch Gottes Gnade eine Umwandlung bei ihm geschehen; er ist auch unter den Schwalben, welche heimfliegen. Du siehst, daß er außer zu uns oder euch sich nirgendhin getraut, damit es ihn nicht ins Wirtshaus ziehe; er ist gegen die Versuchung noch sehr schwach. Bist du sicher, wenn ihr mit Slibowitz anfangt und er ihn vor Augen in der nächsten Nähe hat und der Geruch ihm in die Nase steigen wird, daß er standhaft bleiben kann? Er wird zu euch kommen, Mehl oder Salz zu holen, und wird den besten Vorsatz haben, sich nicht zur Sünde verführen zu lassen; aber er kommt dann wie das Schaf, das selbst zur Schlachtbank geht. Dein Vater wird ihm anbieten, du selbst wirst ihm aus Freundschaft einschenken, er wird probieren, sein Magen wird unruhig, es erwacht in ihm das Verlangen, er wird nicht widerstehen können, wird zuerst nur ein Gläschen trinken, aber morgen schon zwei. Dann wird ihm sein, als hätte man ihm Feuer eingegossen, er muß trinken, trinken! – und er wird wieder zum Trunkenbold, schlimmer als früher, er wird zum wilden Tier. Das göttliche Licht wird in ihm erlöschen, sein Leib wird krank und geschwächt, und er wird irgendwo elend umkommen wie ein Tier. Er wäre eine von den Schwalben, welche heim wollten; aber er kommt nicht heim, er ist unterwegs umgekommen. Und wer ist schuld daran? Du, Samko, du!»

«Method, höre auf!» Samko griff nach seinem Kopf. «Ich werde nicht daran schuld sein, ich nicht! Ich werde weder ihm noch jemand anderem einschenken; lieber laß ich mich selbst töten.»

Samko ging, und Method grub auf seinem Grundstück betrübt weiter.

An dem Tage war bei Petráš die Hölle los. So schön hatte der Bauer es sich ausgedacht, wie er viel verdienen würde und wie sein Sohn vorwärts käme. Denn wovon wurden die Händler so reich, wenn nicht durch den Branntwein? Und nun wollte der Sohn nicht hören; eher könnte man einen Felsen bewegen als ihn. Er war blaß wie die Wand und zitterte vor der Wut des Vaters; aber nachgeben wollte er nicht. Viele böse Worte hatte ihm der Vater gesagt, was ihm nur der Speichel auf die Zunge brachte*). Er warf ihm vor, er sei ein Bettler, und daß er ihn schon jahrelang ernährt habe; er würde einen Bettler nicht länger ernähren; wenn er nicht folgen wolle, könne er betteln gehen.

Diese Worte des Vaters verwundeten die Seele des Sohnes bis in den Tod, wie nur die Worte eines Menschen verwunden können. In diesem Streit kam die Mutter herzu; sie bat den einen und den anderen; den Mann konnte sie vielleicht beschwichtigen, aber den Sohn zu überwinden und zu überreden vermochte sie nicht; der saß da wie ein Fels. Nun wurde auch sie über ihn sehr aufgebracht.

Die beiden Schwestern traten ins Zimmer, auch der Verlobte der älteren, der mit seinem Freund zu Besuch gekommen war; sie waren aus einem anderen Dorf. Sie bestärkten Petráš noch in seinem Vorhaben und lachten Samko aus.

«Wenn er auch nicht will», sagte der zukünftige Schwiegersohn, «so unternehmt Ihr es doch, Vater! Ich werde mein Handwerk gerne stehen lassen. Es muß ja nicht gerade ein Geschäft sein. Eröffnet ein Wirtshaus und eine Fleischerei dazu – solche gibt es hier nicht – und übergebt es uns. Ich will Euch noch ein paar hundert Gulden hineinstecken, und einrichten könnt Ihr es uns von dem Teil, das Ihr Evka versprochen habt. So bleiben wir schön beieinander, und Samko kann wiederum im Obstgarten herumliegen wie bisher.»

*) Slowakische Redensart.

Anfangs waren diese Reden nur Scherz, und der zukünftige Schwiegersohn wollte dadurch nur den Schwager zwingen; aber wie es oft geschieht, zuletzt bekam er wirklich Lust dazu. Evka gefiel es, daß sie nicht von der Mutter weg zur Schwiegermutter müßte. Welche Mutter wäre nicht froh, ihre Tochter bei sich behalten zu können, wenn sich diese verheiratet! Dadurch wurden auch die Augen der Mutter verblendet. Petráš erinnerte sich daran, daß sein Vermögen beisammen bleiben könnte; er brauchte es nicht auseinanderzureißen, um die Tochter auszuzahlen. Bis zum Abend war die Sache ausgemacht.

«Nun, wie ist es?» fragte vor dem Weggehen der Schwager den Samko nur zum Schein, «wirst du dem Vater den Willen tun, oder soll ich kommen?»

«Ihr sagtet ja, ich sei ein Bettler», sprach Samko, und die Stimme zitterte ihm vor Herzweh. «Es ist wahr, ich bin auf beiden Füßen lahm; aber lieber möchte ich noch auf beiden Händen lahm werden und betteln gehen als mich mit einer so höllischen Beschäftigung ernähren. – Aber noch bist du nicht da, und Gott ist allmächtig; er wird es ganz gewiß vereiteln und euch euer Vorhaben nicht ausführen lassen.»

«Wir werden ja sehen, lieber Prophet!» lachten die beiden jungen Männer und gingen davon.

*

Am anderen Tage ging Petráš zu Method. Dieser grub wieder mit Podhájskis den noch übrigen Rasen um. Auf diesem standen hie und da Sträucher, bei denen der alte David seine Ziegen weidete.

Der Zorn war bei Petráš vergangen; er bereute es, den Sohn ohne Ursache gekränkt zu haben, und so wollte er sich jetzt an dem rächen, von dem er glaubte, daß er schuld sei an Samkos Widersetzlichkeit. Er kannte Methods Ansichten über das Trinken. Method hatte nicht nur Podhájsky, sondern auch Ondrášik und seinen Knecht und auch Samko davon abgebracht und hatte sich bemüht, sogar ihn selbst von dem Trinken der berauschenden Getränke abzubringen, indem er sagte, es sei nicht nur schädlich, sondern auch eine Schande und Sünde.

Petráš hatte die ganze Nacht nicht schlafen können. Er wollte sein Wort nicht zurücknehmen, daß er Samko aus dem Hause jagen wolle, wenn er seinem Willen nicht gehorche; aber ihn hinausstoßen, dagegen sträubte sich nicht nur sein Bauernstolz, sondern – wie die Leute sagen – auch das Herz.

Gestern hatte er im Zorn nicht gespürt, daß er eines habe, heute aber doch. Das könnte mir alles erspart bleiben, dachte er erbittert, wenn Ondrášiks Knecht nicht wäre. Ich werde es ihm aber heimzahlen!

Unterwegs wuchs die Erbitterung, und als er auf das Feld kam und sah, wie fröhlich derjenige, der in seinem Hause so eine Hölle angerichtet hat, auf seiner Scholle arbeitete, stieg der Zorn in ihm aufs höchste.

«Was hast du meinem Sohn in den Kopf gesetzt?» fing er an, nachdem sie sich kaum begrüßt hatten. «Kommt so ein Landstreicher, man weiß gar nicht woher, und richtet in unserem Hause Unheil und Zwietracht an! Was geht es dich an, wenn ich ein Wirtshaus haben will? Warum reizest du meinen Sohn zum Ungehorsam?»

Der Jude hörte das Schreien, wendete sich um, erhob sich, kam näher und schaute und schaute auf den jungen Christen. Er war immer neugierig gewesen, wie sich dieser benehmen würde, wenn man ihm unrecht täte; jetzt hatte er eine Gelegenheit dazu.

Der Jude wußte am besten, wieviel Gutes Method diesem Mann getan hatte. Er hatte seinen Sohn lesen und schreiben und alles, was er konnte, gelehrt; er hatte ihn, den alten David dazu gebracht, ihn rechnen und Buchführung zu lehren. Was er nur konnte, hatte er ihm als Nachbar getan; und jetzt zahlte dieser es ihm bar zurück. Ein häßliches, abscheuliches Wort nach dem anderen strömte aus Petráš's Munde.

Wie erstarrt schaute der Jude in das Gesicht des Verhöhnten. Er stand frei aufgerichtet, stützte sich auf seinen Spaten und schaute so ruhig auf den Boden, als berührten ihn seine Worte gar nicht. Den Alten faßte der Zorn. Am liebsten würde er auf den Mann losgehen und schimpfen, schrecklich würde er auf ihn schimpfen! Aber es ging nicht.

Endlich schaute Method den Petráš direkt an, ihre Augen begegneten sich, und der Mann verstummte.

«So, habt Ihr nun alles gesagt, was Euch der Teufel aufgetragen hat?» sagte ruhig, fast fröhlich der Knecht. «Er war es mir in diesem Falle schuldig; ich wunderte mich nur, daß er mich so lange in Ruhe gelassen hat. Fast hätte ich gefürchtet, ich diene dem Herrn Christus nicht gut. Aber jetzt ist es schon recht. Also, was Euch der Teufel diktiert hat, das habt Ihr gesagt; und nun sprecht, Nachbar Petráš, für Euch selbst, was für ein Unrecht ist Euch geschehen, was habe ich Euch oder Eurem Sohne getan?»

Der Jude rieb sich erfreut die Hände und segnete im Geiste den Method. Podhájsky warf auch seinen Spaten weg und stand in der Nähe wie betäubt; er wußte vor Erstaunen nicht, was er von Petráš denken sollte. –

«Nun, was habt Ihr eigentlich gegen mich?»

Die freie und ruhige Frage verblüffte den Mann; aber er ermannte sich und wollte wieder aufs neue anfangen zu schimpfen. Doch blieben ihm die Worte in der Kehle stecken, so daß die Erklärung, warum er zornig sei, schon viel gelinder ausfiel. «Samko will nicht», schloß der Bauer, sich zu dem Juden wendend, «weil dann Podhájsky zu uns käme und dann wieder so werden könnte wie früher; als ob der Mensch gleich saufen müßte und nicht mäßig trinken könnte. Überhaupt braucht Podhájsky gar nicht zu uns kommen, ja, er darf gar nicht!»

Die letzten Worte sprach der Bauer mit Verachtung; das erschütterte den starken Podhájsky.

«Sei unbesorgt, Petráš», sagte er, indem er näher trat, «ich werde in dein Haus, wenn ihr daraus eine Teufelsfalle macht, um die Leute hineinzulocken, sie auszusaugen und zu töten, auch ohne dein Verbot nicht gehen; selbst wenn du mich bätest, würde ich deine Schwelle nicht betreten. Aber nie, niemals, das merke dir, werde ich es deinem Sohne vergessen, daß er so viel Erbarmen mit mir hatte und mich vor dem ewigen Verderben schützen wollte. Auch seine Fußstapfen, wohin er auch gehen möge, werde ich noch segnen.»

Er kam nicht weiter, sondern warf sich auf die Erde und weinte. Er weinte zum Herzzerbrechen darüber, daß er schon so verachtet war; jeder konnte vor ihm die Tür verschließen, konnte auf ihm herumtreten. Petráš sah ihn weinen und stand beschämt da.

«So, Nachbar, ist es ein so großes Übel», sagte die alte Frau Podhájsky, «daß Ihr so ein gutes Kind habt? Und geschah Euch vielleicht Unrecht, wenn Method ihn gelehrt hat, dem Zugrunderichten der Menschen nicht gleichgültig zuzusehen? Ich hatte nur einen Sohn; er war ein guter Sohn, bis er anfing, die Wirtshäuser zu besuchen. Dann wißt Ihr ja, welch ein Kreuz ich an ihm hatte; wie oft habt Ihr selbst mich vor ihm geschützt und versteckt, wie oft seine Frau! Jetzt, wo sich der gute Gott über ihn erbarmt hat, indem er uns einen guten Menschen hersandte, der ihn rettete, da flucht Ihr diesem Menschen und beschimpft ihn! Schaut meinen Sohn an und hört sein Wehklagen; und wenn Ihr ein Herz von Stein habt, so eröffnet nur die Schenke. Und wenn Samko die Leute nicht um das Ihre bringen will, so verstoßt nur Euer gutes Kind. Aber gedenket an die Worte einer armen, elenden Mutter, deren Sohn die Wirte verdorben haben! Gedenket, was die Heilige Schrift sagt: ,*Wehe dir, der du deinem Nächsten einschenkest und ihn trunken machst, daß du seine Blöße sehest!*' Der Fluch Gottes wird Euch sicher erreichen!»

«Weine nicht, mein Sohn!» mit diesen Worten trat Frau Podhájsky zu ihrem Sohn. «Gott wird dir helfen. Du bist noch jung, es ist noch nicht alles verloren, wenn nur *er* uns nicht mehr zürnt! Weine nicht, komm, wir wollen weiter graben!»

Der Sohn gehorchte und stand auf; sie nahmen ihre Hacken und gruben weiter. Auch Method nahm seinen Spaten und stach damit ein großes Stück Erde ab.

Was blieb Petráš übrig, als zu gehen? Er wußte ganz gut, daß das, was er getan hatte, schlecht war und daß ihn diese Leute hier alle beschämt hatten; aber er wollte es sich nicht eingestehen.

Er ging aufs Gemeindehaus, sich die Erlaubnis für die Brennerei zu holen; aber er erhielt sie nicht. Macht nichts, dachte er, ich werde mich mit jemand anderem einigen, und wir werden zusammen brennen. Er fand nur zu bald einen Gefährten, und so brannten sie. Tausende von prachtvollen Zwetschgen, welche Gott den Menschen zur Nahrung geschaffen hatte, kamen in die Kessel, und Menschen bereiteten daraus Gift, um ihre Mitmenschen damit zu vergiften.

Will man ein wenig Gift haben gegen die Mäuse, die im Hause alles verderben, so muß man eine Erlaubnis vom Arzt, Notar und Richter haben; will man aber Menschen vergiften, so bezahle man nur die Brennerei und die Lizenz, und es wird erlaubt, und mancher Arzt wird noch froh darüber sein, er bekommt wenigstens mehr Patienten. Ja, so ist es in der Welt!

Ein unheilvoller Hochzeitstag

Der Winter kam. Es war Fastnachtszeit. Bei Petráš's traf man große Vorbereitungen zur Hochzeit. Die Mutter hatte alle Hände voll zu tun, der Vater den Kopf voller Verdruß, Evka das Herz voll von Freude und Hoffnung. Mit Samko sprach seit dem Herbst niemand, als sei er gar nicht da; kaum daß sie ihm für den Gruß dankten. Nur die jüngste Schwester sprach heimlich mit ihm. Sie hatte einen Kummer. Einer, den sie gerne mochte, hatte um sie angehalten; aber den Eltern gefiel er nicht, und jetzt wollte er heiraten und nahm eine andere. Das Mädchen blieb verlassen, und es zog sie zu dem vereinsamten, ausgestoßenen Bruder. Oft kam sie zu ihm in die Kammer, wo er jetzt wohnte.

Er hatte bei Ondrášik Kochlöffel schnitzen gelernt; so schnitzte er denn fleißig, und was er dadurch erwarb, gab er der Mutter für Licht und Salz. Er ging weiterhin zu dem alten David. «Lerne nur!» sagte dieser, «du wirst noch einmal ein Geschäft haben, da wird es dir von Nutzen sein.»

Jeden Abend war er bei Ondrášiks, und da vergaß er, daß er in der Welt allein stand; in diesem Hause war ihm immer wie im Paradies. Hier kannten sie die göttlichen Wahrheiten besser. Sie verstanden es, welch eine Freude in dem Herzen der Jungfrau Maria war, als ihre Lippen sangen: «Meine Seele erhebt den Herrn, und mein Geist freut sich Gottes, meines Heilandes!» In ihrem Herzen wurde Christus geboren. Zum ersten Mal feierten sie Weihnachten auf rechte Weise.

In diesem Winter kehrte auch Podhájsky's Frau zurück. Er hatte sie im Briefe darum gebeten, und sie kam. sie kam wirklich! Er wußte gar nicht, was er ihr alles tun sollte, so froh war er. Sie selbst weinte nur und konnte es gar nicht begreifen, daß für die Frau eines Trunkenboldes noch so ein Glück auf Erden möglich sei.

Sie fand den Mann so ordentlich, wie er früher nie gewesen war; denn als sie ihn heiratete, war er schon ein Trinker gewesen. Die Schwiegermutter war gut, die Kinder gesund und lieb, das ganze Häuschen rein, die Kammer für den Winter gut versorgt. Podhájsky's verdienten sich ihr Brot. Sie brachte auch noch einige Gulden mit von ihrem Lohn, bezahlte freudig, wo noch Schulden waren, kaufte für die Schwiegermutter, die Kinder und den Mann Kleider; sie selbst war mit Kleidern reichlich versehen. Dann kaufte sie Geschirr für die Küche. Oh, wie hübsch sah es jetzt hier aus! Und was die Hauptsache war, sie kam mit einem verlangenden Herzen. Wenn jemand das Wort Gottes gerne hörte, so war sie es, und sie holte manche ein, und manchen eilte sie voraus. Oh, es fiel ihr ja so leicht an Gott zu glauben und seinen Sohn Jesus Christus zu lieben, der so eine große Veränderung in ihrem Leben vollbracht hatte. Und als sie erst die Liebe Gottes an ihrem Herzen erfahren hatte, da schwieg sie nicht davon. Sie hatte Verwandte, Freundinnen, Vettern; am Sonntag war ihr kleines Zimmer bald ganz voll, und Method mußte ihnen vorlesen. Man lud Method auch bald in andere Häuser zu Besuch.

«Method, mir scheint, die Schwalben fangen an zusammenzukommen!» sagte einmal Samko. «Du meintest damals im Wäldchen, unser ganzes Dorf sollte so zusammenkommen und eine Gebetsversammlung halten, und daß wir damit anfangen müßten; es wird auch noch dazu kommen.»

«Schwerlich, Samko. *Die Pforte ist eng, und der Weg ist schmal, der zum Leben führt; und wenige sind ihrer, die ihn finden.* Das macht aber nichts; wir werden den Leuten den Weg zeigen, und wenn auch keiner dem Herrn Jesus folgen wollte, er sagt: ,Folge *du* mir nach!' Wir werden ihm folgen, nicht wahr?»

«Ja, Method, ihm nach, und dermaleinst bei ihm sein!» –

In der Woche fuhren jetzt Ondrášiks Holz für Methods Haus; gegen das Frühjahr sollte mit dem Bau begonnen werden. Soviel wie nur möglich war, bereitete er alles vor. Der Hügel war schon abgetragen, Ziegel hatte er genug, auch Steine für den Grund. Den Schiefer für das Dach brachten sie auch und legten ihn bei Ondrášiks nieder. Aus dem Wald hatten sie auch rundes Holz geholt; daraus machte Method, wenn er Zeit hatte, Pfähle; er wollte seine ganze Besitzung umzäunen.

Da bekamen Ondrášiks plötzlich eine unerwartete, traurige Nachricht. Die Tochter Anna schrieb, daß ihr Mann augenleidend geworden sei und daß der Doktor ihm geraten habe, sofort heimzukehren, wenn er nicht gänzlich erblinden wolle; so müßten sie sich gleich auf den Weg machen, sobald er aus dem Krankenhaus komme. Das war eine schlimme Nachricht;

wie schwer hätten sie früher darunter gelitten! Jetzt, wo sie beten konnten, sagten sie nur: «Auf Gott vertraut! Wenn er es zuläßt, so müssen wir es tragen.»

In derselben Woche, als bei Petráš für die Hochzeit gerüstet wurde, wozu sie der Form wegen auch Ondrášiks eingeladen hatten, in jener Woche kamen der kranke Schwiegersohn und die auf der Reise erkrankte Tochter an. Dorka konnte nicht als Brautjungfer gehen; man hatte zu Hause genug und übergenug zu tun. Wäre Method nicht gewesen, sie wären gar nicht fertig geworden und hätten sich mit niemandem beraten können.

Die Tochter Anna wunderte sich, wer den Eltern so gut helfe. Da erzählten ihr Dorka und die Mutter, ja selbst der Vater, was für einen Knecht ihnen Gott ins Haus geschickt habe. Auch Joseph, ihr Mann, wunderte sich darüber, nur sagte er: «Seine Stimme kommt mir so bekannt vor, als hätte ich sie schon einmal irgendwo gehört.»

«Wer weiß, ob ihr nicht schon einmal zusammengetroffen seid; wir wissen gar nicht, woher er ist. Er spricht niemals über sich selbst; aber aus dem, was er sagt, merkt man, daß er viel von der Welt gesehen hat.»

Und wieder war Sonntag. Der alte David saß beim warmen Ofen in Gedanken versunken. Trotzdem Fenster und Türen geschlossen waren, hörte er doch die Musik und das Jauchzen von Patráš's herüberklingen; dort war Hochzeit. Sie wurde darum am Sonntag abgehalten, weil die Zigeuner*) für die übrigen Tage besetzt waren; nur mit Mühe hatte man sie für heute und morgen bekommen können.

Plötzlich ging die Tür geräuschlos auf, und neben den Juden setzte sich Method.

«Ale vitaj!»**) sagte erfreut der Alte. «Kommst du doch? Nun, wie geht es bei euch?»

«Dem Herrn sei Dank, besser! Der Arzt sagte, der junge Bauer könne bis zum Frühjahr schon gesund sein, und die Bäuerin ist schon auf, wenn auch noch etwas schwach.»

«Aber Method, als ich so ohne Arbeit dasaß, dachte ich, was mit dir werden würde. Wenn Ondrášiks seine Kinder hier hat,

---

*) Die Musikanten.
**) Aber! Willkommen!

und sie gesund sind, so braucht er weder einen Knecht noch einen Kuhhirten.»

«Das ist richtig, sie werden allein fertig», antwortete Method nachdenklich, «ich bleibe nur bis zum Frühjahr da. Eigentlich haben sie mich gar nicht mehr nötig; ich könnte gleich fortgehen, wenn ich den Bau nicht angefangen hätte, und nicht noch eine andere Sache wäre.»

Das gab dem Alten einen Stich. «Fort? und warum fort?» sagte er traurig. «Was sollen wir ohne dich machen? Die andern, vielleicht! Aber der alte David? Was sollte der ohne dich anfangen?»

«Habt Ihr mich lieb?» Method schloß den Alten in seine Arme wie damals, als er ihm sein Unglück erzählt hatte.

«Frage nicht erst! Selbst wenn du von meinem eigenen Blut wärest, könnte dich mein Herz nicht *mehr* lieben.»

In dem Stübchen wurde es still.

«Erinnert Ihr Euch, was ich Euch einmal im Herbst versprochen habe?»

«Daß du mir etwas erzählen wolltest? Oh, ich erinnere mich noch», bejahte der Greis; «ich warte schon lange darauf.»

«Nun, ich wollte Euch erzählen, warum ich Euch lieb habe!»

«Mich?» staunte der Jude. «Ich dachte, weil du alle Menschen liebst und weil Christus es von dir fordert.»

«Ja, weil der Herr Jesus es befiehlt, er, der gesagt hat: ,*Das Heil kommt von den Juden.*' Ich liebe Euch nicht nur als Mensch, sondern als einen Juden; denn ein Jude war es, dem ich am meisten verdanke.»

«Was du sagst!» entgegnete verwundert der Alte. «So erzähle nur!»

«Ich lebte lange Jahre ohne Gott, ohne Christus in der Welt. Ich wußte weder, daß ich eine unsterbliche Seele habe, noch wohin ich nach dem Tode kommen würde. Ich lebte gerade so wie ihr alle hier, und es war ein Jude, der mir zuerst die Wahrheit, der mir Christus zeigte. Er lehrte mich den Sohn Gottes lieben, er lebte auf Erden wie Henoch und wandelte beständig vor Gott. Heute wird er nicht mehr von den Menschen gesehen, denn Gott nahm ihn weg. Ihr habt Euch einmal gewundert, woher ich Hebräisch könne. Jetzt kann ich es Euch sagen, er hat es mich gelehrt. Er liebte sein armes Volk so sehr, daß auch ich ihm zuliebe und weil mein Herr hier auf Erden ein Jude gewesen ist, anfing, dieses ewig gesegnete und zur Zeit verblendete Volk zu lieben, und ich liebe es heute noch.»

«Du sagst, daß er ein Jude war und er dich lehrte, Christus zu erkennen und zu lieben?» Der Alte hob seinen gesenkten Kopf.

«Ja, er war ein Jude aus den Juden; er war ein Judenmissionar und lebte nur, um seinem Volke zu verkündigen, daß der Messias schon gekommen ist und auch sein Volk von ihren Sünden erlöst hat, daß er lebte, starb und von den Toten auferstand, und daß er wiederkommen wird.»

«So war er also kein Jude», sagte der Alte stirnrunzelnd, «er war ein Christ.»

«Er gehörte zu Christus und seiner Gemeinde, aber der Nation nach war er ein Jude; und wenn ‚die Erlösten des Herrn wiederkommen werden', da wird auch er kommen, um mit Christus zu regieren. Er wird den Messias in mein und Euer Jerusalem begleiten.

Er war ein sehr glücklicher Mann, nur hatte er einen Kummer, ein Verlangen, das ihm nicht erfüllt wurde. Dieser Kummer machte ihm das Sterben schwer, und ich war so glücklich, ihm denselben abnehmen zu können. Ich übernahm eine Botschaft und versprach ihm, das, was er ausführen wollte, aber nicht konnte, weil der Tod ihn daran verhinderte, für ihn zu tun, wenn es mir auch das Leben kostete. Er traute mir, und dem Herrn sei Dank, ich habe ihn nicht enttäuscht und werde ihn auch nicht enttäuschen.»

«Und was war das für eine Botschaft?» fragte ergriffen der Alte und sah dabei verwundert seinen jungen Freund an. – Der sprach ja heute wie sonst nie, als wäre er gar nicht Ondrášiks Knecht, der unter den dummen Bauern aufgewachsen war und zu ihnen gehörte.

«Was für eine Botschaft es war, fragt Ihr? Er hatte jemanden ihm sehr Teueren, den er liebte, obwohl er ihn niemals gesehen hatte, dem wollte er die Botschaft des Heils bringen, er konnte ihn aber lange nicht finden.»

«Und hast du ihn gefunden?»

«Ja, ich fand ihn und . . .»

In demselben Moment erhellte ein sonderbares Licht das Stübchen, der schreckliche Lärm wilden Schreiens tönte herüber. Beide Männer sprangen auf.

«Dort ist etwas passiert!» Der Jude zeigte hinüber. –

«Ja, dort brennt es. Lebt wohl, ich muß eilen!»

«Wohin? Zum Feuer?»

«Ja, sie sind gewiß alle betrunken; vielleicht haben sie die Lampe umgeworfen, und Samko ist dort!»

«Gehe nicht!» jammerte der Jude; aber umsonst. Method zog die Hand aus seinen Händen und verschwand in der Finsternis.

Bei Petráš's war etwas Entsetzliches geschehen. Einer von den betrunkenen Brautführern, die allerlei Unsinn getrieben und Slibowitz *) mit Zucker gekocht hatten, brachte auf einer Schüssel brennenden Slibowitz herein; er wollte ihn vor das Brautpaar auf den Tisch stellen, da glitt er aus, stolperte und schüttete den brennenden Inhalt über den Bräutigam und auf den Tisch. Im Augenblick brannte das Kleid des Unglücklichen wie eine Fackel, und auch das Tischtuch brannte; ein fürchterlicher Lärm entstand. Die einen drängten zur Türe, die anderen sprangen durch die Fenster hinaus. Der Bräutigam schrie um Hilfe und sprang vor Schmerz und Verzweiflung auf den Tisch und wieder hinunter, wälzte sich auf dem Boden und meinte so die Flammen ersticken zu können. Die Braut wollte sich auf den Bräutigam werfen, um mit ihren eigenen Händen das Feuer zu löschen; kaum konnten die Jungfrauen sie zurückhalten. Einige gossen Wasser auf den Tisch; aber einer der betrunkenen Gäste schüttete in der Meinung, es sei Wasser, eine Flasche Slibowitz über den Tisch; mit lautem Knall explodierte es. Es war in dem Augenblick, als Method sich mit Gewalt einen Weg hineinbahnte; er trug in der Hand einen nassen Kittel, warf sich damit auf den brennenden Bräutigam und wickelte ihn ganz hinein, so daß die Flammen plötzlich erstickten. Aber es war auch die allerhöchste Zeit, denn das ganze Zimmer stand in Flammen. Das Feuer loderte von einem Ende zum anderen, die Leute liefen mit lautem Geschrei hinaus. Erstickender Rauch und Gestank raubte den Atem, nur mit Mühe gelang es allen, zu entkommen. Die Braut trug man ohnmächtig hinaus; den Bräutigam brachte Method und übergab ihn draußen den Männern. Er selbst kehrte noch zurück an die Stätte der Verwüstung, sprang zu den Fenstern, schloß sie, riß die brennenden Vor-

---

*) Bei den Slowaken wird bei Hochzeiten manchmal der Slibowitz angezündet; er brennt mit schöner violetter Flamme.

hänge herunter und trat die Flammen mit den Füßen. Sie züngelten um ihn herum. Trotzdem hatte er noch Zeit, zwei große, volle Flaschen Slibowitz und eine halbgefüllte vom Tische zu ergreifen, damit hinauszuspringen und die Tür hinter sich zuzuschlagen. «Wohin mit dem Wasser?» schrie er dabei Petráš und die älteren Gäste an, die gerade große Zuber voll Wasser herbeitrugen. «Wasser löscht nicht! Solange Slibowitz brennt, müßt ihr ihn brennen lassen, nachher könnt ihr löschen. Ihr habt gesagt, ihr wolltet darin baden, jetzt könnt ihr euch dabei noch erwärmen. Wenn Gott mir nicht geholfen hätte, diese zu retten, und das Feuer hätte die Flaschen erreicht und sie zersprengt, es ist zu entsetzlich, nur auszudenken, was dann geschehen wäre!»

Es waren schreckliche Augenblicke, eine fürchterliche Hochzeit. Wohl keiner von den Gästen kam unverletzt nach Hause. Fast alle hatten ihre Kleider zerrissen. Und der Bräutigam! der arme Bräutigam! Es war schauerlich, ihn anzusehen, so verbrannt war er. Ein großes Glück war es noch, daß die Flammen nicht hinauslodern konnten. Was im Zimmer war, verbrannte zwar oder verdarb; aber das Haus blieb wenigstens verschont. «Es wäre nicht stehen geblieben», beteuerten alle, «und der Bräutigam wäre ganz verbrannt, wenn Ondrášiks Knecht nicht gewesen wäre.» Die Leute hatten sich lange für diese Hochzeit vorbereitet, aber noch länger würden sie daran zurückdenken. Vergangene Woche hatte Frau Petráš zur Nachbarin gesagt: «Bei Ondrášiks sind sie alle so heilig und haben doch das ganze Haus voll Krankheit. Warum läßt Gott das zu?» Jetzt war *ihr* Haus voller Krankheit, und sie konnten nicht einmal sagen, daß Gott sie ihnen geschickt hätte. Sie hatten den Teufel, die Trunksucht, zu Gaste geladen und hatten seine Suppe gekocht; nun, sie war sehr heiß geraten!

Ach, was war das eine Qual für den jungen Schwiegersohn! Tag und Nacht schrie er vor Schmerzen. Sie probierten alles, was der Doktor befohlen, auch was er nicht befohlen hatte. Ja, was der Doktor gutgemacht hatte, das verdarben die alten Frauen.

«Bitte, Herr», sagte am dritten Tage Method zu Ondrášik, «gebt mir einige Tage frei! Ich war bei Petráš's; der Junge wird sicher sterben, wenn sie nicht anders mit ihm umgehen, oder er wird wahnsinnig. Ich will ihn pflegen gehen.»

«Gehe, mein Sohn! Du wirst ihn gewiß besser pflegen; ich will gerne für dich arbeiten, wenn du ihn nur retten könntest; es wäre schade um ein so junges Leben!»

Method ging. Bei Petráš's freuten sich alle, als er sagte, wozu er gekommen sei, am meisten der Doktor, den er gerade dort antraf. Der Doktor merkte, daß er es mit einem klugen und geschickten Menschen zu tun hatte. Er verbot der Familie, etwas anderes zu tun, außer was ihnen Method erlauben würde. Von dieser Stunde an wurde es besser.

Der Kranke fühlte es gleich, daß ihn andere Hände berührten, die nicht nur zu lindern suchten, sondern dies auch erreichten.

Aber aus den wenigen Tagen, die Method bei Petráš's zubringen sollte, wurden Wochen. Frau Petráš kam selbst Ondrášik bitten, er solle ihnen um Gottes willen seinen Knecht überlassen, sie würden ihm einen Tagelöhner dafür bezahlen. So ließ man ihnen den Knecht, doch ohne einen Tagelöhner zu verlangen. Man wußte, daß Method aus reiner Nächstenliebe den Kranken Tag und Nacht pflegte, so wollten sie sich auch an dieser Liebe beteiligen. Zudem mußte der Schwiegersohn nicht mehr zu Bett liegen, seinen Augen ging es schon besser, die Kopfschmerzen hatten aufgehört. Er war froh, daß er bereits etwas arbeiten konnte. Samko hatte sich oft danach gesehnt, daß Method bei ihnen wohnen möchte und daß man auch bei ihnen wie bei den Schwalben den Tag mit gemeinsamem Gebet anfangen würde. Nun war sein Verlangen erfüllt. Method war bei ihnen, und sie taten wie die Schwalben – aber um welchen Preis!

Method erhält sein Haus, und dem alten David geht es auch besser

Der Winter war vergangen und der Frühling gekommen; aber er war so wie ein schöner Vogel, der fliegt, singt, die Herzen beglückt, und – hast du nicht gesehen? – ist er schon wieder verschwunden. Der liebliche Frühling räumte das Feld einem heißen Sommer, wie jener vor zwei Jahren, als Method Ruzansky zum ersten Mal in Ondrášiks Haus kam.

Eines Nachmittags stand der junge Ondrášik (so nannten ihn die Nachbarn nach seiner Frau, obwohl er Rášo*) hieß) vor dem Hause. Er war bereits gesund und schaute nach der Richtung, wo früher, ehe er nach Amerika reiste, der häßliche Hügel stand. Der Hügel war nicht mehr, statt dessen stand inmitten eines neuen, schönen Obstgartens, von einem lebenden Zaun umgeben, ein Haus, das nicht sehr groß, aber so ansehnlich und schön war, daß man seinesgleichen im Dorf nicht fand. Die Fenster und Türen waren gegenüber anderen Häusern groß und schön.

«Wer hätte an so etwas gedacht!» meinte der junge Mann. «Wir hatten den Platz vor uns und ließen ihn brach liegen; und er, wie leicht kam er zu einem schönen Hause! So praktisch und billig hat niemand eines im Dorf. Wenn ich nur wüßte, an wen er mich erinnert, nicht so sehr das Gesicht, aber die Stimme! Ich muß solch einen Menschen irgendwo schon einmal gesehen haben, aber wo?»

Es wunderte sich aber nicht nur der junge Rášo über das Haus, sondern alle im Dorf. Als der Frühling kaum angebrochen war, hatte der Bau begonnen. Method bestellte dazu die Gemeindemaurer. Den Bau leitete er selbst wie ein erprobter Maurer. Jedes Stück vom Bauplatz mußte benützt werden. Das Dach ließ er anders binden, als man es hier sonst zu binden pflegte, so daß er auf dem Estrich Kammern hatte so groß wie Stuben, und unten waren alle Räume bewohnbar. Und obwohl alles nur aus rohem Material gebaut war, war es doch so fest und schön wie von gebrannten Ziegeln. Tag für Tag kamen Leute,

*) Sprich Rahscho.

das Wunder anzustaunen, und mehr als einer schüttelte den Kopf und sagte: «Wirklich, so will ich es mir auch machen.»

Method wohnte während der ganzen Zeit bei Ondrášiks; aber er diente nicht mehr bei ihnen, sondern er zahlte für sich Kostgeld. Die Maurer und Arbeiter beköstigte Frau Podhájsky; er wollte diese große Arbeit den Frauen bei Ondrášiks nicht aufbürden, da sie ohnehin schon ein großes Hauswesen hatten.

Doch die Leute sollten noch über etwas anderes staunen. Petráš eröffneten kein Wirtshaus und wollten auch in Zukunft keines eröffnen. Erstens kostete sie die schreckliche Hochzeit viel Geld, zweitens die langwierige Krankheit des Schwiegersohnes, drittens mußten sie das vordere Zimmer hobeln und renovieren lassen. Sie waren froh, daß sie den Raum, wo das Wirtshaus sein sollte, als Wohnung benützen konnten; denn in der Stube mußten die Decke, Fenster und Türen neu gemacht werden. Die Nachbarn erfuhren, Petráš sei einverstanden, in seinem Hause nicht nur eine Wohnung für sich, sondern auch eine für Samko und einen Laden zu machen. Er tat es auch, und zwar schon in den nächsten Wochen.

Der alte David wurde wieder ordentlich jung, überall wár er mit Rat und Tat dabei; für seinen eigenen Sohn hätte er nicht besser sorgen können. Die Leute wunderten sich auch über den Juden, der wie umgewandelt war. Früher hatte man außer dem Gruß und «ja» und «nein» kein Wort von ihm gehört. Heute sprach er schon mehr, und so freundlich war sein Gesicht, als sei er jünger geworden, trotzdem er weiß war wie eine Taube.

«Was für ein Unterschied!» sagten die Frauen; «früher ging er immer so schäbig und schmutzig, und jetzt hat er ein reines Hemd und reine Kleider; daß es Frau Podhájsky nicht davor ekelt, für einen Juden zu waschen! Die macht aber auch alles, auch die Stube hat sie ihm unlängst geweißt und das Bett überzogen; er hat sich neue Überzüge gekauft. In der Stube ist es auch schon ordentlicher.» So klatschten die Frauen und fügten hinzu: «Aber wie kommt es bloß, daß jeder, der mit Ondrášiks Knecht zu tun hat, sich so verändert? Nur er bleibt immer derselbe. Wir werden sehen, wie er sich verhalten wird, wenn er in dem neuen Hause wohnt. Vielleicht geben ihm auch Ondrášiks ihre Tochter, da sie ihn so in Ehren halten.»

«Oh, auch Petráš würde ihm seine Tochter geben, wenn er

nur wollte; aber er denkt gar nicht daran.» Inzwischen hatte die junge Frau Rášo verraten, daß Method bei Ondrášik für Samko um Dorka angehalten hatte. «Obgleich lahm, ist er doch sonst gesund; und wenn sie das Geschäft anfangen, würde er unter Gottes Segen leicht eine Frau ernähren können. Beide haben Gott lieb und gehen gemeinsam auf dem Wege, der zur ewigen Herrlichkeit führt.» Soviel sagte er, das übrige wird wahrscheinlich Samko selbst gesagt haben, und mit Dorka hatten sie schon gesprochen. Dorka hätte nicht gedacht, als sie den Hügel abtragen half, daß sie dort einmal wohnen würde.

«Es ist wunderbar in der Welt!» staunten die Frauen. Und sie hatten recht.

Warum Method zwei Jahre dem Bauern Ondrášik als Knecht diente

Und wieder war es an einem schönen Sommerabend. Der Mondschein überflutete wie fließendes Silber das Dorf, die Obstgärten, die üppig blühenden Wiesen und die Wälder. Einige Strahlen fielen auch auf die Hütte des alten David, beschienen die Bank und den darauf sitzenden Greis. Er war sonntäglich angezogen, und eine gewisse ernste, feierliche Stimmung lag auf seinem Gesicht. Er überlegte und wunderte sich über sich selbst. Warum hatte er heute solche Freude? Warum freute es ihn so, daß Samko Petráš endlich sein Geschäft eröffnen konnte und daß er ihm dazu viel geholfen hatte? Der Alte konnte sich selbst nicht begreifen. Woher kam bei ihm diese Liebe zu den Menschen? Er liebte vorher doch nie fremde Leute, fühlte nie mit ihnen, ihr Leid schmerzte ihn nicht, ihre Freude freute ihn nicht. Und heute hätte er vor Freude fast geweint, als Dorka dort im Laden zu ihm kam und so erfreut, wie sie war, sagte: «Der Herr Jesus vergelte Euch alles, was Ihr Samko Gutes getan habt!» Und es freute ihn so sehr, daß diese beiden jungen Leute sich lieb hatten, daß sie so gut waren, daß sie zusammen glücklich sein würden und daß auch er ihnen dazu hatte helfen können. Auch Samko und Method dankten ihm, und das tat dem alten Herzen so wohl.

«Bis heute lebte ich umsonst in der Welt», dachte der Alte, «ich lebte nur mir; erst jetzt, wo ich anfange, anderen wohlzutun, sehe ich, was die Pflicht des Menschen auf der Welt ist und warum Gott den Nächsten wie sich selbst zu lieben befiehlt. Darin besteht das wahre Glück. Viele Menschen lebten um mich her, sie plagten sich ab, und ich hätte ihnen helfen oder raten können; aber ich tat es nicht, und so hatte ich nichts, was mich erfreuen konnte. Ich sah, daß sie mich verachteten, daß sie mich nicht liebten; wofür hätten sie den alten David lieben sollen? Niemandem habe ich Unrecht getan; darauf hat sich mein Herz viel eingebildet, daß David viel besser sei als die Menschen, unter denen er lebt, aber er war es nicht. Wofür hätte mich jemand lieben sollen?

Des Menschen Sohn ist nicht gekommen, daß er sich dienen lasse, sondern daß er diene, sagt Christus. O Adonai, verwirf mich nicht, wenn ich sage: *mein* Christus! Ich kann mir nicht helfen und bin ein sündiger Mensch; Jerusalem ist nicht mehr, der Tempel ist nicht mehr, die Bundeslade ist nicht mehr, Opfer gibt es auch keine, und ohne Blutvergießen gibt es doch keine Vergebung der Sünde. Ich muß ein Lamm haben. Ich glaube, daß Jesus Christus mein Lamm ist. Ist es eine Sünde oder ein Verrat an dir, du Gott Jakobs, so töte mich sofort; wenn nicht, so möge das Blut Jesu Christi mich reinigen von meinen Sünden. Ich lege meine Hände auf das Lamm, das für mich geschlachtet ist.

,*Wir gingen alle in der Irre wie Schafe, ein jeglicher sah auf seinen Weg; aber der Herr warf unser aller Sünde auf ihn. Da er gestraft und gemartert ward, tat er seinen Mund nicht auf wie ein Lamm, das zur Schlachtbank geführt wird, und wie ein Schaf, das verstummt vor seinem Scherer und seinen Mund nicht auftut.*' So ging mein Messias, mein Immanuel, in den Tod. Ich habe mich dagegen gesträubt, aber ich kann es nicht länger tun, ich glaube, daß er lebt, daß er bei dir lebt, ja, daß er lebt im Herzen des alten David!» Der Alte drückte beide Hände an sein Herz, und ein heller Glanz übergoß sein altes Gesicht, daß er aussah wie einer von den Ältesten vor dem Throne Gottes.

«Ich betete immer wie David: ,*Öffne mir die Augen, daß ich sehe die Wunder an deinem Gesetz!*' Gott meiner Väter, Abrahams, Isaaks und Jakobs, du hast mich erhört und hast mir dein Wort erleuchtet! Ich sträubte mich, verstand es nicht und wollte es nicht verstehen; aber ich kann nicht mehr, ich will nicht wie Saul widerstreben. Nun habe ich geglaubt, daß Jesus von Nazareth, Christus, der Messias, dein Sohn ist und daß du ihn auch mir geschenkt hast.»

Der Alte schwieg, nur seine Lippen bewegten sich noch; was er weiter sprach, das blieb zwischen ihm und seinem Gott. Aus den zum Himmel gerichteten Augen flossen Tränen des Schmerzes in der Erinnerung an allen Gram und die irdischen Verluste in den langen hinter ihm liegenden Jahren. Aber es waren Tränen eines Kindes, das den Vater gefunden hat, der nicht zürnt, nicht droht, nicht straft, sondern – vergibt; denn er liebt es, und zwar in Ewigkeit.

In der Stille des Freitagabends trat auch der Alte mit den Schwalben die Heimreise an. In der zwölften Stunde seines traurigen einsamen Lebens hatte Gott seine Seele erweckt, und in sein Herz schien das Licht des unauslöschlichen ewigen Lebens, Jesus, der Sünderheiland.

Der Alte saß schon eine Stunde da und war so in stille Anbetung vertieft, daß er die Schritte gar nicht hörte und den nicht sah, den er vorher so sehnsüchtig erwartet hatte und für den seine glückliche Seele auch jetzt ohne Worte betete. Dafür sah ihn der nahende Method und konnte kaum seine Augen von dem leuchtenden Gesicht des Greises abwenden.

Doch plötzlich hörte man im Dorf ein Geschrei; die Straße beengte dort einen Trunkenbold, der sich ärgerte, daß sie zu schmal war. Das störte den Alten aus seinen Gedanken auf. Er wandte den Kopf und sah, daß er nicht allein war. Bald saßen sie zusammen auf der Bank. Method erfuhr, daß der Alte mit Ruth sagen wollte und konnte: «Dein Gott ist mein Gott!»

«Dem Herrn sei Dank!» rief Method, nachdem sie lange miteinander geredet hatten und Gott die Ehre gegeben für die Gnade, welche er dem Greise erwiesen hatte. «Dem Herrn sei Dank! Seine Verheißungen sind ewige Wahrheit; ich habe ihm vertraut, und er ließ mich nicht zuschanden werden.»

«Dich?» verwunderte sich der Greis.

«Ja, mich! Heute, teurer Vater, wo du Christi Eigentum geworden bist, kann und darf ich dir endlich sagen, daß mich dieses Dorf niemals gesehen hätte, wenn du nicht hier wärest. Wundere dich nicht, dir zuliebe kam ich hierher. Du sagtest mir vorhin, ich hätte dich zu dem Messias gebracht wie Philippus den Nathanael. Philippus ist den Nathanael suchen gegangen; auch ich habe dich gesucht, und es war nicht leicht zu erfahren, wo du lebst.»

«*Mich* suchtest du, mich? Ehe wir uns kannten? Unmöglich! Und warum?»

«Warum suchte Philippus den Nathanael? Nur um ihn zu Jesus zu bringen.»

«Nun, er kannte Nathanael, aber du?» Der Alte faßte krampfhaft Methods Hand.

«Ich wiederum kannte jemanden, von dessen Existenz du nichts wußtest und der dich geliebt hat bis zur letzten Stunde. Ich erzählte dir einmal, daß mich ein geborener Jude zur Erkenntnis der Wahrheit gebracht hat. Dieser mein Wohltäter, dem ich alles für Zeit und Ewigkeit verdanke, hieß Ruben Sokolow. Er war der Sohn eines reichen russischen Juden namens

Sokolow, und seine Mutter war das schöne Kind, welches du noch bis heute beweinst, deine Tochter Esther.»

«Method!» schrie der Greis; er fuhr in höchster Erregung auf und sank wieder zurück. «Method, du kanntest sie, meine Tochter, mein Kind? Hast du sie gesehen, bist du gewiß, daß sie es war?»

«Gewiß! Ich sah sie zwar nur im Bild als Braut, sodann kurz vor ihrem Tod.»

«Tot? Also ist sie gestorben? Lebt sie nicht mehr!?»

«Sie starb, aber sie lebt und wird ewig leben. Sie starb mit einem Gebet für dich auf den Lippen, und weil sie dich brieflich nicht ausfindig machen konnte, nahm sie ihrem Sohn das Versprechen ab, daß er persönlich dich suchen gehe, wenn er seine Studien beendet habe.»

«Sie wußte also von mir?» Schmerzlich erstaunt schüttelte der Alte den Kopf.

«Sie wußte von der Mutter alles und liebte dich sehr; sie pflanzte diese Liebe auch ihrem Sohn ins Herz.»

«Und meine Frau?» stöhnte der Alte.

«Deine Frau war wirklich mehr betrogen als schuldig. Sie bereute bald ihre Schuld und wollte zurückkehren, aber man ließ sie nicht. Sie sagten ihr, du zürntest sehr. Als der Scheidungsbrief kam, glaubte sie es und heiratete den, der sie betrogen hatte, wurde aber nie mehr glücklich und starb vor der Hochzeit ihrer Tochter, welche dann gleich nach Kanada reiste.

Dort widerfuhr erst dem Sokolow, dann ihr die Gnade, daß sie den Messias fanden und auch ihren Sohn ihm zuführen durften. Sie opferten viel für dessen Ausbildung und hatten nur das eine Verlangen, daß er sein Heil unter seinem Volk verkündige; dies Verlangen wurde erfüllt. Der Vater wenigstens konnte noch den Sohn predigen hören; er starb, kurz nachdem ich zur Erkenntnis meines Heilandes kam und ein Freund deines Enkels wurde. Ich war ihm alles schuldig; aber auch er hatte mich lieb, so lieb, wie er nur lieben konnte.

Weil ich ein Slowake war, teilte er mir mit, daß sein Großvater irgendwo in Ungarn lebe und er seiner Mutter versprochen habe, ihn aufzusuchen. Sooft wir zusammen beteten, immer betete er auch für ihn und um die Möglichkeit, zu ihm zu gelangen.

Einmal schickte er mich nach Pennsylvanien, weil er wußte, daß es dort viele Slowaken gibt, und wir hofften, durch meine Landsleute etwas zu erfahren. Es war eine Fügung Gottes, daß ich nach langem vergeblichen Suchen mit dem jungen Rášo zusammentraf. Es war gleich nach seiner Ankunft in Amerika. Von ihm erfuhr ich etwas über den alten David, dem seine Frau entführt worden war. Dann forschten wir brieflich nach und erfuhren alles. Oh, wie sich Ruben freute, wie er Gott bat, daß er es ihm gäbe, die Seele des Großvaters zu retten, das ist nicht zu sagen.

Aber der Herr über Leben und Tod hatte es anders beschlossen. Ruben war mit der Reichsgottesarbeit so überbürdet, daß er nicht gleich fortkommen konnte. Der Herr gab ihm, große Erfolge seiner Arbeit zu sehen, viele Menschen setzten große Hoffnungen auf ihn; dann kam die Krankheit, eine schwere Erkältung – und der Engel des Todes holte seine reine Seele heim.

Ich wußte, wie groß sein Schmerz war, daß er dem Großvater das Licht nicht bringen konnte. Was hinderte aber mich daran, dies an seiner Statt zu tun? Ich legte im Vertrauen zu Gott, der die vielen Gebete der Tochter und des Enkels nicht unerhört lassen konnte, in seine erkaltende Hand das Versprechen, daß ich seinen Großvater zu dem Herrn führen werde, damit er dereinst in der Ewigkeit mit ihm zusammentreffe und vereint sein könne. Ihn hat man begraben und beweint, und ich kam nach Hradova als sein Stellvertreter.

Ich wußte, daß ich den alten, durch Unrecht verbitterten Mann nicht so bald gewinnen würde, daß, wenn ich zu ihm gleich als ein Abgesandter seines Enkels träte, er mir entweder nicht glauben würde oder sich auch gegen den schon heimgegangenen Enkel verschließen würde. Der alte David war ja ein Jude, sein Enkel aber starb als Christ; ich wußte also, daß es länger dauern würde. Damit ich ihm möglichst nahe wäre, bot ich mich dem Ondrášik als Knecht an und bat Gott, er möge mir helfen, das Herz des Juden zu gewinnen. Er gab es mir: der einfache Knecht konnte dem Greise nicht verdächtig sein und war es auch nicht. Aber ich mußte mich gerade vor ihm sehr in acht nehmen, um mich mit keinem Worte zu verraten, daß ich nicht immer in solchen Verhältnissen gelebt habe. Ich fürchtete das Kommen des jungen Rášo; aber der Herr gab, daß er mich nicht erkannte. Bei unserer ersten Begegnung trug ich einen Bart, und auch die Kleidung veränderte mich sehr.

Am Abend der Hochzeit bei Petráš's wollte ich dir schon alles sagen. Der Herr ließ es nicht zu, so gelobte ich mir, so lange in Hradova zu bleiben, bis ich aus dem Munde des Großvaters meines Freundes hören werde, daß er den Herrn Jesus gefunden und als seinen Messias angenommen habe. Nun habe ich alles gesagt und danke es meinem Herrn, daß er mir ermöglichte, mein Versprechen zu halten, auch dafür, daß ich nicht umsonst bei Euch gewesen bin. Nun kann ich ruhig weggehen, meine Aufgabe ist zu Ende.»

Method erhob sich, und der Alte, ganz benommen durch die unerwarteten Nachrichten, folgte ihm wie im Traum ins Haus. Method schloß die Tür und zündete ein Licht an. Dann zog er aus der Brusttasche die für den Alten so wertvollen Kleinodien hervor. Es waren Bilder seiner so bitter beweinten Tochter, ihres Mannes Sokolow und ein schönes Bild seines Enkels, dessen Gesicht beim Anschauen an die Worte erinnerte: «Seine Seele gefällt Gott, darum eilet er mit ihm aus dem bösen Leben.»

«So, mein lieber Nachbar, da habt Ihr Eure Schätze; und da habt Ihr noch etwas, Rubens Testament. Lest alles durch, und morgen, so Gott will und wir leben, komme ich zu Euch, um Euch alle Fragen zu beantworten, welche Euch in der Nacht noch in den Sinn kommen.»

Method ging fort, und der Alte blieb allein mit seinen Schätzen und mit seinem Gott, dessen große Liebe er erst heute völlig erkannte.

*

Am andern Tage, sehr früh, ging Method mit Ondrej zum Holzschlagen in den Wald. Sie fällten eine große Eiche und kamen erst abends heim. Müde und hungrig wie sie waren, aßen sie das Abendbrot mit großem Appetit und gingen dann schlafen. Keiner merkte es, daß die Hausgenossen Method so sonderbar anschauten. Am Morgen, ehe sie zum Frühstück kamen, begegnete der Bauer dem Knecht im Garten. «Method, bitte, komm her!» rief Ondrášik.

«Was wünscht Ihr, Herr?»

«Gestern war der alte David bei uns und erzählte uns so wunderbare Dinge, daß ich sie gar nicht glauben kann.»

Method lächelte und schaute den Mann offen und liebevoll an.

«Ist es wahr, du bist wirklich um des alten Juden willen nach Hradova gekommen?»

«Ja, seinetwegen!»

«Wirklich?» rief da hinter ihnen Rášo.

Method wandte sich um. «Und du hast mich gar nicht erkannt?» sagte er vergnügt.

«Ich?»

«Ja, du! Erinnerst du dich des jungen Mannes, dem du in Braddock von deinem Dorf und von dem alten David erzählt hast?»

«Ach, jetzt erinnere ich mich», der junge Mann griff sich an die Stirn; «nicht umsonst hast du mich immer an jemand erinnert! Aber damals trugst du einen Bart und städtische Kleidung – und heute!»

«Nun, vielleicht gefalle ich Euch auch so!» lachte Method.

«Aber wenn es wahr ist, was der alte David sagt, so bist du früher nie ein Knecht gewesen, auch nicht für Bauernarbeit geboren!» wandte Ondrášik hierauf ein.

«Es ist wahr; ich habe von meinen Eltern ein etwas größeres Besitztum geerbt als das Eurige ist.»

«Ach, wie konntest du da nur so unter uns leben», staunten beide, «und dich um des Juden willen so erniedrigen?»

«Ich kenne einen königlichen Sohn, und ihr kennt ihn auch, der Thron und Krone verließ und diente 33 Jahre mir Unwürdigem zuliebe. Sollte ich Erbärmlicher nicht einmal zwei Jahre dienen einem Menschen zuliebe, welchen er liebte? Außerdem war mir bei euch wohl; ihr habt mich lieb gehabt, und ich hoffe, daß ich auch bei euch nicht umsonst gewesen bin. Wer weiß, was meiner noch im Leben wartet. Ein Bauernknecht werde ich zwar kaum mehr werden, aber das eine weiß ich, daß die glücklichsten Jahre meines Lebens diese zwei waren, wo ich, wenn auch nur so wenig, unserem Herrn ähnlich werden und Ondrášiks Knecht sein durfte.»

Der alte Jude David tritt mit den Schwalben die Heimreise an

Und wieder war es Sonntagnachmittag. Herbstnebel lagerten über den Bergen und Tälern; die Blätter fielen ab. Im Eichenwald, an derselben Stelle, wo Method einst erzählt hatte, wie die Schwalben nach Hause gekommen sind, wo um ihn herum gespannt horchend eine Schar Kinder und Samko Petráš gesessen hatten, saß derselbe Samko, aber allein. Method war nicht da, ach, er war nicht mehr in Hradova; vergeblich schaute man nach der schlanken, lieben Gestalt aus. Die Kinder riefen nicht mehr: «Onkel Method, Onkel Method!», obwohl sie sich manche Kleinigkeiten und Andenken zeigten, mit denen er sie vor seinem Weggang beschenkt hatte. Er hatte seinen Dienst bei Ondrášiks beendet und sein Haus gebaut, wobei es jetzt ans Licht kam, daß er es niemals für sich gebaut hatte, sondern nur deshalb, um den Hradovern zu zeigen, wie man Grund und Boden ausnützen kann. Und so plötzlich, wie er gekommen war, ging er auch wieder. Niemand konnte ihn zurückhalten, er war ja nicht einer von ihnen.

Samko stützte das Haupt in die Hände, und weil ihn niemand sah, so beweinte er – oh, zum wievielten Male schon! – den guten Kameraden. Er wußte, daß er einen solchen nie wieder finden würde. Wenn er überdachte, was in den zwei Jahren alles anders geworden war: wie waren sie bei Petráš's jetzt so glücklich und ordentlich, die Eltern, die Schwestern, der Schwager, er mit Dorka in Methods schönem Hause! Wenn er an die glückliche Familie Podhájsky dachte und vor allem an Ondrášiks, wie diese Gott dienten, so konnte er dem Herrn nicht genug dafür danken, daß er Method geschickt hatte, den alten David zu suchen, und daß er dabei auch sie alle gefunden hatte. Oh, wie gut war Gott!

Der junge Mann schaute umher; es fiel ihm ein, wie er hier mit Method zusammen gesessen hatte; es war ihm, als höre er ihn von den Schwalben erzählen. Ja, so war auch er in ein wärmeres Land geflogen; aber er würde nicht zurückkehren in das Nest, das er erbaut hatte. Die Nachbarn wußten nun, daß er das Haus «auf dem Sumpf», wie sie es nannten, für den alten David von dem Geld, das ihm sein Enkel für ihn gegeben hatte, erbaut hatte, und daß David dort als ein reicher Mann würde leben können; denn er hatte viel von dem Enkel geerbt.

Method hatte es sich hübsch ausgedacht, die beiden, Samko und Dorka sollten den Alten pflegen, damit er nicht so allein sei, er hatte sie ja lieb. Aber der Alte wollte nicht. Ihn erfaßte eine Sehnsucht, die Gräber der Tochter, des Schwiegersohnes und des Enkels aufzusuchen und sich dort neben ihnen begraben zu lassen, um, wenn auch nicht im Leben, so doch wenigstens nach dem Tode mit ihnen vereint zu sein.

Soviel wußte man im Dorf. Samko aber wußte, daß der alte David gestorben wäre, wenn er Method hätte verlieren müssen. Er wunderte sich nicht, er verstand ihn. Oft wäre er selbst gerne, obwohl er gute Eltern und eine liebe Frau hatte, davon- und ihm nachgeeilt. So kauften denn Ondrášiks mit Petráš's das Haus für ihre Kinder. Der Alte gab es ihnen halb umsonst, und seine Hütte schenkte er der alten Frau Podhájsky, damit sie auch für ihre Kinder Platz hätte, deren viele waren. So begleiteten den Alten, als er wegging, noch viele Segenswünsche.

Jahrelang hatte er in diesem Dorf gelebt, die Leute hatten sich an ihn gewöhnt, und zuletzt war er ein guter Mensch geworden; sie werden seiner gedenken. – Werden sie aber wohl den vergessen, der nur so kurz, nur zwei Jahre unter ihnen weilte? Werden sie Method vergessen können?

Ja, sie werden ihn vergessen; denn die Menschen haben für Wohltaten ein kurzes Gedächtnis. Aber noch lange wird ein Nachbar den anderen daran erinnern, wie es war, als in Hradova Ondrášiks Knecht diente. Er ist verschwunden; aber das Licht und die Liebe, die er in den Jahren ausgestreut hat, sind geblieben und haben viel Freude und Segen gebracht.

Inhalts-Verzeichnis

In der Reihe H (»Heimatlicht«)
in der Edition C sind erschienen:

Weitere Titel in Vorbereitung